梦想不是奢侈的晚餐

若　非◎著

 中国出版集团　现代出版社

图书在版编目（CIP）数据

梦想不是奢侈的晚餐 / 若非著 . -- 北京 : 现代出
版社，2019.1

ISBN 978-7-5143-6739-3

Ⅰ . ①梦… Ⅱ . ①若… Ⅲ . ①故事—作品集—中国—
当代 Ⅳ . ① I247.81

中国版本图书馆 CIP 数据核字（2018）第 000685 号

梦想不是奢侈的晚餐

作　　者	若　非	
责任编辑	杨学庆	
出版发行	现代出版社	
通讯地址	北京市安定门外安华里 504 号	
邮政编码	100011	
电　　话	010-64267325　64245264（传真）	
网　　址	www.1980xd.com	
电子邮箱	xiandai@vip.sina.com	
印　　刷	河北浩润印刷有限公司	
开　　本	880mm×1230mm　1/32	
印　　张	5.5	
版　　次	2019 年 1 月第 1 版　2022 年 1 月第 2 次印刷	
书　　号	ISBN 978-7-5143-6739-3	
定　　价	39.80 元	

目　录

第三辑　但愿你的眼睛，只看得到笑容

第四辑　谢谢你在人海中

第一辑

梦想不是奢侈的晚餐

梦想不是奢侈的晚餐

  阿南坐4个小时的汽车来找我。这个23岁的男孩，有一副很帅的模样，学播音，业余做视频，成绩不错，女生缘好得让人艳羡。他要去上海，在此之前，他通过了上海某卫视的面试，得到了去那家电视台工作的机会。

  这是我梦寐以求的事情，我愿意为这未知，不顾一切地奔赴而去。在汽车上，他给我发短信。我短信告诉他，出站后下地下通道，直行左边出口，前行不到500米，可到我工作的单位。他发回来一个迷茫的表情，以示分不清楚。

  我在东客站找到他的时候，他正一脸迷惑地看着站前车流来往，一副不知道该往哪里去的样子。我说："这个陌生小城就让你不知道如何下脚了。上海那么大，你确定不会走丢？"他笑着说："不怕，丢多了就不会丢了。"

  就是这个在贵阳小十字进了地下通道就找不到方向的人，一个23岁大学即将毕业的男孩，面对城市纵横贯通的道路和哗啦无情的车流时不知方向的路痴，对自己的未来却异常清醒。

我所了解的阿南，生长于贵州北部的某个小县城，父亲是当地政府职员，母亲是县城重点中学的老师。这样的家庭背景，注定了阿南要背负更多常人的期望，上好的大学，做有头有脸的工作，这是父母所期许的。

但阿南并没有满足父母的愿望。大学只是考了一个省内普通的院校，学的也不是父母希望的管理专业，而是播音专业。眼看大学要毕业了，父母提早做准备，要阿南考公务员，走他父亲的老路。同时父母帮他找好了关系，若是公务员考不上，就去县城某事业单位，工作轻松无压力，福利丰厚社会地位高。父母觉得公务员或者事业单位，都是再好不过的选择，可阿南愣是熬住了父母一个接一个的电话，悄悄地在自己心里规划着未来。

父母还是想把他留在身边，无奈时做出让步，只要他回来，可以不逼他考公务或者事业单位，说县城电视台也有熟人，打个招呼，不用考试，直接进去做播音。

"为什么一定要往外走？"两杯小酒下肚，我问阿南。

"梦想吧！或者就是不甘心，总觉得不能将就，想去外面的世界看看，想去干自己喜欢的事情。"阿南说，"我也爱家乡的小城，环境越来越好，发展的速度也可以，离父母近，没多少压力，可是与我的梦想比起来，它的魅力还是小了很多。"

"你喜欢的播音，在老家县城也可以做，不是吗？"

"是，但那和我的梦想区别好大啊！你想想，若是我回去，在那个四层楼的小楼里做播音，每天做的节目，都是县政府这样县政府那样，偶尔还要配些方言主持，那算什么？"

我无言，只得倒上酒，敬他一杯。我们相识两年，第一次如此端坐，谈到"梦想"这个词。我们认识的时候，在一个人声嘈杂的活动会场上，我是嘉宾，他是主持，节目的间歇，主办方介绍，才知道我是师兄，他是师弟。往后这两年，我依旧写作，他依旧学习播音，偶尔在外接活。

夜深下来，酒已微醺，我们顺着麻园大道往前走。我送他去东客站旁边的7天酒店，按照他的计划，次日将回趟老家，看看父母，几日后回到学校，稍作告别，然后直飞上海。一切已被规划好，他现在做的，只是和沿途作一次告别。

"如果回到县城，我会有安稳的生活、稳定的工作，可能还会遇到一个女孩，结婚生子，平凡地度过一生。可是，我不想这样将就，我想在我还有冲劲的时候，去努力奋斗。事实上，我并不知道未来会怎样，我甚至不知道我能否通过在这家电视台的试用期，但是如果我不去，等于连门都没进就失败了。"也许是酒精的作用，他说起话来，声音比平常大了很多，像在和眼前这个庞大的世界较劲。

独自返回的途中，我对阿南心生羡慕，为着这一份不顾一切，为着对梦想的执着与决绝。

一个多星期后，我在出差途中，于机场收到阿南的微信，是他梦寐以求的工作场所的照片。他说："非哥，今天正式开始工作，眼前这一切，都是我梦想中的模样，我感觉离自己的梦想又近了一步。"我笑出声来，脑海中浮现出第一次见到阿南时的情形。回复他："去吧，少年！"

在机舱坐下来的时候，我突然想起师妹王小美。

和阿南一样，王小美也是这一年毕业。她学美术。有一年，在我还是学校学生网站总编的时候，她来应聘摄影记者，顺利留下来，但没待多久，她又全身心地投入了自己的学业中。印象中，这个来自全省第一大县的姑娘，长得高挑，为人坦率，大大咧咧，招人欢喜。

我工作后一次去北京，手机QQ有老友提醒，提示她人也在。出差事务繁忙，我并没有联系她，但因此而关注了一下，原来她到北京学美术。那时候，她刚进入大四，怀着梦想，趁着大四没有课，只身奔赴京城。

在动态里，写着她在北京的心路历程，有过对这个城市的厌恶，终究慢慢地变成了接受。没去北京之前，超级讨厌北京，去了之后慢慢发现北京比自己想象的好，天空蓝起来的时候很美，雾霾的时候，会有一种魔幻的感觉。几个月后，也就是前些天，她在线上对我说到她眼里的北京。

她在北京待了数月，因为毕业来临，答辩、离校等事宜，回到贵阳。

在我眼里，这是个优秀的姑娘，文化公司签约插画师，出版过自己的成套明信片。她也因为这些历程，自然而然地在身边的人中耀眼起来。毕业生作品展览上，她的作品独具特色，各种喜欢的话语，充斥着朋友圈。她的大学，也该因此画上一个圆满的句号。

6月要结束的时候，我问她毕业作何打算。她说："北京啊！"

我说："就你目前的实力，在贵州，足够找一个不错的工作，也比较容易成为佼佼者。"

"因为梦想啊！"这是小美去北京的理由，"那里氛围好，机遇多，她对我说。"

一个刚大学毕业的小姑娘，在象牙塔里心怀梦想的小姑娘，在经历了快节奏的京城生活后，面对未来，依然选择再度回到北京。这就是梦想的力量，它能让人忘记摔倒那一刻的疼，而记住站立起来时那一份勇敢和倔强。

在小美的计划里，可以在北京找份合适的工作，边工作边学习，自己养活自己。我想象她的生活，在北京，在庞大的城市里，边工作边学习，一定有异常的辛苦，但因为心中有梦想，有对未来对自己喜欢的事物的那份爱，这些辛苦，又会显得毫无阻力。

和阿南不同的是，小美的终极目标，却不是那个庞大的城市。

她说："我想在北京学习，因为那里有与贵州不一样的条件，那个环境利于锤炼自己，积累更多的经验，在开拓视野的同时，也增加自身的积累。等到了合适的时机，就回到贵州来，回到父母身边，弄自己的工作室，接接活，画画，做一些手工，能养活自己就好了。"

小美的家乡，在贵州西北部，与云南毗邻，那里有辽阔的天地，深厚的历史文化，足够引人的风景，和多彩的民族文化积淀。这一切都足以成为她创作的源泉。如同她在毕业展上的那些作品，摆在那里，因散发着独特气息，在众多作品中，一下就凸显出来。

可我心有不解，有了足够的经验和积累，不正是应该在大城市里拼搏一番的基础吗？

我问她："经验和积累，对你的创作大有裨益，而北京的艺术氛围，远远好于贵州，为何要在什么都没的时候毅然去北京，却又准备在积累和经验都有了的时候，回到老家？"

"北京再好，也不是我的家。"小美说出这句话，听着就让人温暖。也因这句话，更能体现她要固执远行所必须经受的那一分艰辛。她并非冰冷之人，有对家庭和父母的小小依恋，否则也不可能说出这样的话，更不会想着终究要返回故地。

原来她的梦想，并不是在北京做出一番什么样的业绩，而仅仅是不满足于自己的眼界，不满足于在偏野之地狭隘的经验。她的梦想是在一个更为宏大的世界里，积累经验，提升自我。这一切无关作为，无关前程，只是因为，心中有一个梦。

"有人不解吗？"我问。

"有，但不重要。"她果断回复我。

事实上，我的身边，还有更多人，为他们的梦想，奔走在路上。就连我，自认平庸的人，在他人看来，也是个不放弃的追梦人。

如今我生活在贵州西北部山区小城，在市级行政部门工作，日日处理烦琐的公务，足够平庸了吧？我也如此认为。直到一个深夜有人对我说："若非，我非常佩服你，虽然工作了，虽然干了一份枯燥无味的工作，可是从没有放弃自己的梦想，一直坚持书写，这一点难能可贵。"那一刻，我突然心生感动，差一点掉下热泪。

是呀，我不曾说出，正是因为不想生活就只剩下日日类似的枯燥工作，不能让白日里的工作多姿多彩，至少我要努力，让笔下的世界多一分色彩。

有时候，我们义无反顾地去做一些事情，原因仅仅是不想让生活就这样将就了。

这样未必是不好的状态，甚至可能是一个不错的选择。如同阿南父母为他就业所做的准备，兴许在大多数人眼里，是难以企及的；如同小美可以在贵阳凭自己的实力选择职业，相比并不会差；甚至于我，住单位房、吃单位食堂，生活在房价低、离家近、朋友多的城市，没有什么不好。可是，这样的好，在梦想面前，魅力顿失；这样的好，在一颗不安的心面前，都会成了将就。

有人说，20岁没有梦想，是堕落；30岁还坚持梦想，也是堕落。好像过了一定的年岁，再谈梦想，为梦想不顾一切，就成了常人眼中的外星人。

可是若心中有梦，为何不去努力？

梦想不是奢侈的晚餐，追梦也不是火星人的特权。上路吧，朋友！无论你在追梦路上变得多么疯狂，做出多么让人不解的抉择，我都理解你的心。因为我们都一样，不想这一生就这样，变成将就！

别丢掉你最初的梦想

　　高中一同学来我所在的城市，自然要小聚。五六个半熟不熟的高中同学先是吃饭，后来去烧烤店喝酒，好不热闹。

　　酒到酣处，一个同学问："大家说说，你们还有梦想吗？"

　　"梦想是什么，可以吃吗？"一个同学大笑着说，"有烤排骨好吃吗？"

　　"别跟我谈梦想，早戒了，我戒不掉烟，戒不掉酒，但是戒掉梦想，不难。"另一个同学说。

　　"哈哈，别搞笑了，这把年纪了，还谈什么梦想，幼稚不？"又一位同学说。

　　"话也不能这么说，咱们不能因为现实不如意，工作不理想，生活琐碎疲惫，就丢掉梦想吧！"有一个同学声音不大地说。

　　"哈哈哈哈——"

　　笑声中，有人问："对了，谈梦想，你高中梦想是当画家吧？我记得那时候你学画好努力，你还说要考美术院校成名成家给家里买大房子！可是你看看，现在呢，你在县城当公务员，你的梦想呢，你为什么不去画画了？"

那同学迟疑了一下，"虽然我现在很少画画，但我并没有丢掉它啊！"

我看话题越来越尴尬，赶紧插话说："其实无论我们怎样，现在没有做梦想中的事情和丢失自己的梦想，其实是两码事，比如他喜欢画画，虽然现在当公务员，但你们怎么知道他不再爱美术？"

一位同学说："谁都知道，你写文章的最会糊弄人。"

我说："就拿你们来说，你们中这么多人，谁以前没有个梦想？谁没想过以后做自己梦想的事情？可是现在看来，我们都没有以当初梦想的事情生活，但是，不论我还是你们，我们每一个人，其实在心里都还藏着最初的那个梦想。我想要说的是，无论人生怎样，都不要丢掉最初的那个梦想。

"别丢掉你最初的梦想！有句电影台词说，人若没有梦想，和咸鱼没有什么区别。还有句玩笑说，梦想总是要有的，万一实现了呢？"

大家突然沉静下来，好一会儿，一个同学说："现在还把梦想的事情坚持做着的，恐怕也只剩下你了！"

是的，这些年，我从未放弃。

我写作。不知道这个梦想是怎么来的。

我的祖辈，都没有读书人。爸爸妈妈这一辈，妈妈从未进过学堂，爸爸只读过一年级，至今自己的名字写起来都困难。据说爸爸一年级的时候，被人吓唬路上有老虎而不敢去上课，因此旷课一天，第二天去学校，就被教书先生开除了。

可以想象，这样的家庭，是完全没有任何书香氛围的，家里也找不到任何可以培育文学底蕴或者文学爱好的东西。但是，后来，我就迷上了文学，开始了写作。这事说起来是缘分吧！

小时候第一次接触让自己着迷的文字，是哥哥在小镇上读初中的时候带回来的《鬼故事》。你一定没有听过这样的杂志，是因为，我看到的这些《鬼故事》杂志，上面写着期数，但印刷极差，故事简单，胡编乱造的痕迹一眼就能看出来。

即便如此，我还是深深沉醉其中，为故事中那些勇敢地与鬼斗争的少年鼓掌，也深深地痴迷于落难书生与女鬼的爱情。那时候，我每天都捧着这样的书籍，看个不停。不识字的爸爸妈妈，并不知晓我看的是与教材完全无关的课外读物，因此也就放任了我。

三四年级的时候，班上有个同学，家里有很多武侠小说。我由此而迷上武侠，一发不可收。这导致我后来到小镇上读书，寻到一家专门租书的小书屋后，一发不可收地砸进去，把所有能省出来的零花钱都花在了租书上。每天1毛钱，一个月就算都看书，也不过3元钱。

那时候，我想，这些写小说的人，是多么神奇，为什么他们的脑子能够想出这么精彩的故事来呢？

后来，我又想，也许，这样的故事，我也能写得出来。

事实上，那是个刀光剑影、儿女情长的武侠世界。初三的时候，我第一次尝试写作我说的写作，并不是写作文，而是信马由缰地写。我称之为"胡写"，好比胡说八道，不需要负责任。

在练习本上写，在课本上也写。那时候，我都不知道自己写的是什么东西。散文吧，又像诗歌。诗歌吧，更像散文。一些小小的情调，说些伤心的话，就这样开始了自己的练笔。

那时候，写作是一件隐秘的事情，好比自己内心深处的一个秘密，害怕被人知晓。这个秘密，当时和我同住一个房间的哥哥都不知道。

后来我独自到县城读书，这才有更为广阔的空间和便利的条件学习写作。

高中我的写作并没那么隐秘，班上还是有相当一部分人知道的。但是，我经常遭受他们的打击。

"你写那些东西干什么？你这么写，也不见得你就能写出好作文来，你看你的作文，分数一直那么低……"

不止一次，同学们的话，让我想放弃。

那时候，我知道了新概念作文大赛，有个想法，是通过获奖上大学。现在想来，那时候自己挺敢想的。但仅限于敢想而已，始终不敢把自己的东西邮寄去参赛。

后来，我开始发表一些东西。这倒为我吸引了一些关注的目光，同学们都对我投来羡慕的眼神，但也仅仅是一阵子，很快，他们的关注点，又回到了我的分数上来，又开始对我的写作不屑一顾。

通过参加新概念作文大赛走进大学的梦想最终失败了。因为每当我从县图书馆借阅新概念作文大赛作品集阅读的时候，我都会发现，那样的东西，我确实写不来。但是，我依旧没有停止写作。

那时候没有电脑，我就手写，写在笔记本上，写了很多本。有时候我在手机上写，用手机写得最长的貌似8000来字。然后周末的时候去网吧包夜，将练习本上的文字弄成电子稿。不幸的是，我的那些故事，一直没人采纳。倒是一些像诗歌的东西，陆陆续续发表了。

我因此获得信心，并不顾一切地坚持下来。

后来，我上了大学，加入文学社，找到了一帮志同道合的朋友。写作的路，也就慢慢地稳定下来，但是离梦想实在还遥远。

这些年，我唯一对自己感到欣慰的事情，就是没有放弃写作和阅读。因为我知道，无论我做什么，生活中总是需要一些娱乐装点和丰富人生。有的人选择运动，篮球足球什么的；有的选择棋牌麻将扑克甚至赌博；还有选择游山玩水，看天地万物……

而我，写作替代了这些。我那时候只是不明白，为什么任何一种爱好都会被接受，没人言说。对于写作，偏偏有那么多声音，他们总是时不时地说出些不好听的话，好像写作并不是什么正经的爱好。

幸运的是我从未放弃梦想。后来，我的写作取得了一些成绩。虽然不大，但是足够让我对自己满意。不断地发表作品，不断地获得奖项，并于2012年出版了自己的第一本书，一个讲述中学生情感的长篇小说。

也许，如今回头去看，当时的那一本书，故事没那么精彩，文笔没那么好，甚至印刷厂为节省成本，导致印刷质量也不尽如人意，但是它已经足够成为我写作生涯的一个转折点。它告诉我，只要坚持，一定会所收获。

后来我毕业，参加工作，在繁忙的日常中，都不曾遗忘文学。想写的时候就写，没有思路的时候就看看书。我享受这样的生活，是因为我还有关于文学的梦想。难以想象，如果没有这个梦想，我的人生会多么枯燥无味。

过去的这个冬天，我签出了自己的第二本书，都是这七八年写的散文和小说的选集。签合同的时候，我为自己感到高兴，也为自己感到幸运。我曾烧掉那么多的手稿，删除那么多的文章，终究没有放弃。这留下的不多的文字，见证着我的成长。

如今，我还在继续写作，并不想通过它获得些什么物质，只是觉得在人生之中，每个人都需要有个梦想支撑自己，在茫茫前路上照亮自己。于我而言，文学和写作具有这样的意义。

这些年，我做过那么多事，成功过也失败过，如今靠着一份从未想过的工作营生。但我深知，要记得深爱自己所爱的事物，学会坚持和守住自己最初的梦想。

我因此而觉得，我所走过的人生都是有意义的；

而未来的人生，只有靠对梦想的坚守来成就意义！

认识一个师姐，年岁比我还稍小一些。

在一次活动上，见过她跪在地上认真摄影，那一刻我为她感动！最初是因为敬业，后来，我依旧为她感动，是因为她对梦想的坚守。

她说："我不知道自己为什么对光影如此感兴趣，总之，我爱摄影，如同爱我自己。"

事实上，她们家条件并不好，却从高中爱上摄影并开始学习，最初入门时的相机，是自己打工赚钱买的。在那个并不思考未来的年岁里，身边的大多人，还舍不得花7000多元买这样的设备。但是，她买了，毫不犹豫。然后开始购买各类书籍，自学。

我在大学期间识得她的时候，是一次高校之间的活动，她受朋友之托，帮忙现场拍摄。

类似的活动图片，随便拍拍就行了，犯不着那么卖力，但见她那么用心，我有些不解。我对摄影也有些兴趣，但断然做不到这样。

没想到她认得我，说曾听人说起，我们聊了起来。

她说："我不允许我拍出来的图片被人说成随便交差。这是朋友托付的事情，我会尽力做好，而这只是一个原因。另一个原因是，我爱摄影，它是我的梦想，是我生命的一部分，你能允许自己在梦想面前敷衍吗？"

我点头表示肯定，我确实也做不到了。

我因而理解她了。

后来我们熟悉起来，才对她有所了解。她说高中那时候，在县城读书，自学摄影，后来跟着县里面的一些老摄影家学习，经常翻山越岭出去外拍。

那时候年纪轻轻，但对什么都无所畏惧，每次都浑身疲惫地回来。家里不放心，好多次要求她放弃摄影，但她都不曾放弃。最严重的时候，为了拍日出，凌晨4点爬山，下山的时候，摔出去好远。"那时候，命都不要，都要顾着相机，哈哈，它就是我的命。"谈起往事，她感情自然就流露出来。

在大学期间，课余都出去兼职，所得都存了起来。大三的时候，拿出所有的积蓄，买下了我们相遇时她正在使用的那一套设备。"摄影这一块，设备很贵，我当然也买不起再贵的了，但是在我的能力范围里，我愿意为它花钱，因此可以委屈自己，吃的可以应付，穿的也可以应付，但不可以应付自己的梦想。

我差点对她竖起大拇指。

坚守梦想并为之努力的人，是那么相似！

她毕业后，在一家省级画报社做摄影工作。我为她感到高兴，能把生活和梦想合二为一的人，是幸运的。

但半年后，她离开了画报社。工资太低是她离开的理由。之后，她进了一家公司，做销售。

即便这样，我相信，她并未放弃自己的梦想。

事实也正是如此，在动态上可以经常看见，她独自走在摄影的路上，独自走那些崎岖的路，看那些少有人看到的风景，体味那些别人不关注的人生，用镜头去关注那些动态的人群。

销售工作很累，但她依然能把自己梦想中心爱的事情，做得那么有声有色。

我想热爱梦想并懂得坚持的人，总会找到最好的方式，处理梦想和现实的关系。

前些日子，她的一个摄影作品获奖，得到一笔奖金。我问她："需要用来添置设备吗？"她说："不用，先给家里吧，这些年，虽然他们反对我，但终究还是给我留了一条路。"

我想，那些动不动就说没有梦想的人，是可悲的！

梦想是什么？梦想是你人生想要得到的东西，或者达到的某个境界。这是我的理解。

梦想就像人生的养分。有的人终其一生，都无法实现自己的梦想。但我相信，有梦想的人，人生的内涵，定然比那些浑浑噩噩度日抑或在现实面前懦弱地放弃梦想的人，宽广深厚得多。

别丢掉你的梦想，不是说你永远都要以梦为生，而放弃你现实的生活。而是说，无论你过上什么样的生活，都应该对未来对新生活充满一种期盼与探索，你未必要去实现它，但你的生命将因它而丰富。

别丢掉你最初的梦想。

其实，也是不要丢掉最初那个本真的你。

闪现光芒的人都不会被浪费

若你要问我："有没有人说过你浪费资源？"

我的回答是："有。"

若是有人再对我说："你这么高，不去打球，好浪费啊！"

我会说："要你管啊！"

我天生就没有运动细胞，偏偏长了180厘米的身高。这身高在祖国西南的贵州，属于难得的海拔。因此常常被人说："你真是浪费资源呀！"

特别小的时候，我就特别乖，像个女孩。几岁的时候跟着妈妈去人家做客，每每看到主人家忙着打扫卫生时，我就会乖巧又勤快地帮忙。作为家里最小的孩子，在我足够小还不能下地干活的时候，整个假期里我的任务就是看家，也就是在家里守着。那时候妈妈给我一把钥匙，我就把钥匙挂在脖子上，往门口的大石头上一坐，就是一早上。

爸爸妈妈最放心我了，不会打架，不会做坏事，当然不会惹麻烦，因此小伙伴也不常和我玩。静静的内向的不好动的我，个子却长得比同龄人快，到了小学五六年级，就高出了同班人一大截，于是教室最后一排成了我每个年级的专属区域。

初中的时候，第一次有人问我："你多高啊？"我如实回答。"你打篮球吗？""不打。""啊，这么好的身高优势，浪费了。"天知道那一刻我才恍然发现，是啊，我这么高，为什么不打球呢？即便我也不止一次地羡慕打球的男同学可以用炫酷的动作赢来漂亮女同学的尖叫，可我却对篮球提不起任何兴趣。直到初三的时候，我才在同学的逼迫下第一次尝试打球，结果很狼狈。除了累之外，我找不到任何兴趣。

从初中到高中到大学，我听过无数遍的"你好浪费资源呀"，大多时候是男同学说的，但是偶尔会有漂亮的还挺讨人喜欢的女同学也这么对我说。这就让我整个人都不好了，那时候会想："要是我也打球，她会不会就喜欢我了呀？"我试着让自己喜欢上篮球，喜欢上那种奔跑与腾跃的快感，不幸的是，我动作笨拙，移动的身影让我眼花缭乱。我因此而懊恼不已，一度产生自卑心理。嗨，年少那时候的想法，还真是稚嫩可笑。

说来奇怪，我对运动全然没有任何兴趣，却偏爱阅读，当同学们在球场上挥汗如雨地享受欢呼的时候，我会安静地坐在窗前翻开一本书，享受阅读的快感。我因此而渐渐走上写作的道路，开始在一些学生刊物上发表作品。高中的某一天，一个同学在杂志上读到了我的文字，发出了惊叹的声音："哇，我们班出作家了！"于是大家都对我露出了惊奇又羡慕的眼神，那一刻，我有种错觉，好像我也身在呼声跌宕的球场上，所有人的目光都集中在我一个人的身上。

我突然明白，其实赞赏和关注，获取的方式和道路并不是唯一的。往后的年岁，当有人对我露出恨铁不成钢的表情说"你真浪费资源"的时候，我都会一脸骄傲，将这些话抛之脑后，坦然面对。

大学的时候，我做文学社负责人，并遇到一个女孩，每次活动我都能看到她的身影。她话不多，也从不发言，总是默默地帮忙，但人长得挺漂亮，因此让人印象深刻。私下大家开玩笑说，这么漂亮的女孩，写文章应该不会差。可是她连续传给我的几篇作品，都让我大跌眼镜，各类问题，大大小小都有出现。

有一次活动结束，我正在招呼大家打扫卫生，她有些犹豫地走向我，欲言又止。"怎么了？"我问她。"我想退社了。"她说。"为什么呢？"这还是我第一次遇到这种问题，当面向我提出退社，这不是明摆着对我这个带头人不满意嘛！我问她："是不是文学社有让你不满意的地方？""没有没有，我只是觉得，我真的不是写文章的料，虽然我特别羡慕你们写一手好文章，也想成为这样的人，可是我真的发现我写不好，我努力了。"

我脑海里浮现出多年前自己站在操场边当啦啦队员时的那一刻，跟眼前的她是一样的，心里充满羡慕，有无限的渴望，却无能为力。我说，其实你不用退社，文学社这么多人，不少人都不写，可是他们都能得到锻炼，因为文学社是一个集体，可以锻炼人的地方很多，而不仅仅是写作。

她说："你知道吗？我爸是大学写作教授，我妈是杂志社编辑，所有人都觉得我应该写作，我天生就有这个基因，我自己也觉得是这样，不然太浪费这个基因了。"

"浪费资源，类似的话，每一次灌进耳朵里，都很不是滋味。"她说。

"没有什么会被浪费，因为你能做的事情太多了，不仅仅是别人说的那些。我曾经也认为，我的身高不上球场就太浪费资源了，可是我现在同样不是把另一件事情做得有模有样？"

这话说得她连连点头，"你就是比我强大，我从没有这么想过。"

"你还会什么？"我问她。

"画画，我高中偷偷报过名，我自己觉得还画得挺好的呢！"看来她心情好了很多，脸上露出微笑来。

我说："那就先帮文学社画吧，社刊需要配图，各种宣传海报也需要。"

那之后文学社的每一期报纸和每一本文集，都会用她的一些画作。她也渐渐从画配图发展为设计，版面、封面、logo、海报等等，都做得有模有样。文学社的活动，她也参加得有滋有味。

我卸任的时候，她在会场外找到我，对我说了不少感谢的话，无非是我让她找到了新的方向。我只是笑，因为我只不过是无心之人，无心点化他人，唯一的资格是，我也曾是一个被人说过"浪费资源"的人。

时隔两年，再遇见的时候，她已经是某报的设计师，能做大气独特的版面，业余也画些画，发表在一些媒体上。用她的话说，作为业余兴趣的一种，偶尔画画，安慰自己。可每一次看到她，我都心有触动，这个曾经对写作充满自卑的女孩，在找到自己新的闪光点后，获得了同样的掌声和光芒。

时光并不曾改变我。如今，我依然不打球，不喜欢运动；依然喜爱阅读，坚定地行走在写作的路上。

时间也逐渐消淡了朋友们对我身高的关注，反而更多地关注起我的创作。只是那些陌生的人，初次见面会询问："你打球吗？"我会自信且坦荡地说："不打，不喜欢。"

有没有人说过你浪费资源？我想，大部分人都曾经历过。

因为你体格强壮，却没有参加班上的体育比赛；因为你嗓音好，却不喜欢去唱歌；因为你跟我一样身高突出，是球场上的好苗子，可是偏偏没有兴趣和细胞；或者你像我的朋友一样有着独特的家庭环境，但几经努力确实毫无起色……

种种原因，都可能招来一句"你好浪费资源呀"！

为什么你会被人说浪费？仅仅是因为你还没有散发出新的光芒。

我们不去做与自身优势相关的事情，可能是因为打心底不喜欢，也有可能是确实很努力却毫无成绩。这本是没有什么错误的事情。漫长一生，你可以选择自己喜欢的事情，克服自身的劣势；你也可以依靠自己的优势，做比较容易而大家又认可的事情，这并没有错。

只是，每个人都应该从自身出发，从内心出发，选择自己喜欢的事情去努力，而不是被所谓的优势捆绑，在"你真浪费资源"的话语中越陷越深。寻找自身的光芒是对自身的尊重，也是成就自己的通道和出口，并在寻找和成就自身光芒的过程中逐渐习得一种发自内心的强大。

真的，没有一种资源是被浪费的。上天给予你这些资源，并不是说我们只能这么去做，上天要我们先做到的是遵从自己的内心，做自己想做且能做的事情。每个人都有不止一个闪光点，发散你的光芒，意义远远大于纠结于别人的话。

若是有人再说你浪费资源，你可勇敢地反问："你这么幽默，为何不去演小品？""你这么强壮，为何不去举重？"……

嗯，对，就这么干。

因为你一定还有新的光芒，远远超越于所谓的优势，远远大于他人对你的定义。

没什么，大不了从头再来

在准备新书稿的时候，因为电脑故障，我就把整理的稿件拷贝到U盘里，然后将电脑送修。结果电脑还没有修好，U盘就出了问题。

那天早上我去洗手间，无意间摸到衣袋里钥匙串上的U盘内部空空如也，只剩下一个壳。心一慌，掏出来一看，傻眼了，U盘里面插入电脑的那一部分，不见了。这东西丢得神奇，不知道什么时候丢的，连可供寻找的地儿都没有。

对于我来说，这无疑是晴天霹雳，这个出问题的U盘里，有我刚刚签约出去的新书内容，其中60%是旧稿子，剩下40%是新写的稿件。除了新书内容，这些年写的一些小说、诗歌，其中一些存在里面来不及备份。更不用说工作上临时需要转换的一些现用的文稿了。

总之，这一丢，就把我好多心血给丢了。当时那个心急啊！自从发现自己丢了U盘的那一刻起，我脑袋就不得安宁，不断思考到底丢在了哪里。头就疼了起来，开始心神不宁，上班的心情也没有了。然后一刻不停地找遍了办公室和卧室所有可能的地方，累得满头大汗才不得不接受找不到这个事实。

存不住情绪的我，在微博和微信上发了一条动态："周末拷东西的时候，心里总有不祥的预感，果真发生了！因为电脑问题准备修理，然后我把文章拷贝到了我的U盘里，然后刚刚发现我的U盘成了这样，只剩下外壳，里面不知去向，然后刚刚哭了一场，一千万个同样的问题摆在眼前，那些在U盘的稿子怎么办……"

这个矫情的消极状态，在微信上受到了不少损友点赞的同时，也收到不少朋友的评论。

有个朋友连续发了好几个问题：你自己没有备份吗？电脑里还可以找得回来吗？经常在办公室电脑修改会不会有自动备份呢？你怎么这么不小心呢？写了那么多年怎么都不买个硬盘呢？一连串问题，让原本就心烦的我，更加烦躁和心累了。

还有个朋友，在评论处发了老长一个笑话，可在我看来，一点都不好笑。朋友说："我只是想让你开心点，U盘丢了已经是事实，既然没有办法，那就接受吧，调整心情，正确面对。"

不得不说，这些话对于我来说，真起不到什么作用。我曾写过那么多温暖的话语，也确实温暖了一些在困难中的人，可是却温暖不了自己。发现丢了U盘的整个上午，我都处于一种恐慌不安的状态之中，头疼，心慌，烦躁，莫名想发火。

快下班的时候，看到一条评论，来自一名读高三的女孩，话很简单，也没有什么道理，她说："大叔，没事。只不过从头再来。"

"只不过从头再来"，这话说起来轻松，但做起来，哪有那么容易？真是站着说话不腰疼。我心里想。

午休的时候，她跟我聊天，说了她自己的经历。在此之前，我只知道她是本市某高中高三学生，其他一无所知。但听了她的故事，我对她有了新的认识。

她一直都是班上的好学生，全年级佼佼者，中考全县前几名。她原本报考一个重点高中，被现在的学校高价要来，是老师眼中的红人，寄托着家长和老师的厚望，同学们也都看在眼里。这样的人，注定是要在高考中一举扬名的，连她自己也觉得，这一切都是理所当然的事情。

可是，问题就是出在了高考。高考第一天出门好远，发现准考证没有带，慌慌张张回去找，翻遍了所有可能的地方，都找不到。她晕头转向，就这么错失良机。"连死的心都有了，"她对我说，"那时候完全没脸见人，包括父母和关心自己的老师。"而一些同学都在看笑话，私底下说她是怕丢脸才不去参加考试。

那时候，她把自己关在屋子里，谁也不见，谁也不理，眼泪哭干了，但痛苦依然在。于是她自残，以头撞墙，绝食——日日折磨着自己，直到晕倒。在医院醒来，发现一切依旧如往常，错过的依旧错过，失去的早已失去，任何人都无能为力。

"能怪谁呢？"她说，"一切恶的根源，都在自己。"

明白已经发生的事情无论你怎么做都无能为力时，她选择了从头再来。再一次走进教室，开始补习生涯。她对我说："除此之外，我别无选择，现在想起来，如果当时一死了之，会有多软弱，幸运的是，我挺过来了。"

如今她依旧是尖子生，从头再来的基础并不因为那一次错失良机而损毁，那些自己苦心练就的能力，一直都是在的，所以学起来轻松，并不觉得困难。随着时间的推移，她和新同学关系渐渐变好，心情也彻底放松下来，整个人的状态都极好。

"我觉得现在的我，早就过了那个坎。"她说起来的时候很轻松。在刚刚过去的期末考试中，她再一次拿了全级第一。她说："无非就是晚一年上大学，无非就是在路上多耽搁一会儿，我们走路，看到美景会短暂停留，当然遇到挫折也会稍作休息和调整，这不重要，重要的是，最终，我们都要走向终点。"

她的话让我感到惭愧。丢失一个U盘，算什么啊？比较她而言，差远了；相比那些连人生都将打上巨大烙印的人，那更是相差千万里。她说的其实很对，我们从头开始，好歹还有可以重新开始的基础，就像在一条路上摔倒，但爬起来还在摔倒的位置，并不是回到起点。

而写作亦如同人生，要不断地向过去告别，将自己打碎重组，从头开始，才能成为更新的自己。

当天晚上，我就重新开始了，一切都没有想象中那么难。书稿中有大部分都是旧稿子，在原来的文档里能找出一部分，新稿子都是近期写的，大体还记得，重写一遍就是了。而那些找不到的，正好可以告别一段过往。

她的故事，让我想到一个真实的故事。故事的主人公，我们可以按姓氏的拼音首字母，叫他C。

C生长在贵州黔西北两县之交的一个小村落里。那里经济落后，生活贫苦。但就是这个贫困的地方，地下蕴藏着相对丰富的煤矿资源。

C年轻时去西藏当兵，什么苦都吃过，退伍的时候，拒绝了退伍安排，拿着退伍安置费，回到村庄结婚成家，开了一家小煤窑。

那年头煤炭市场并不景气，小煤窑也没赚到什么钱。这些都是次要的，重点是，因为在部队上养成的豁达仗义的性格，他对自己请来专门管煤矿的人极为信任，对账目之类也从不过问，因此对煤矿真正的资金情况也不了解。结果两三年后，主管携款而逃，一分钱不留不说，还让他欠了一屁股债。

下属背叛，信任溃败，债主追款，家庭矛盾，导致他一蹶不振。不断上门的债主每天都守在门口，不给钱就玩命；夫妻关系也因此面临困难，吵架时时发生。

他绝望了，找了根绳子，上山找了棵歪脖子树，结果被人救了；然后准备跳河溺水，也偏偏让一个同村的老太太看见了，呼天抢地唤来了村里的男人们，把他从死神面前拽了回来。

"死不了，那就活下去吧。"他这样想。于是他携妻去了广州，一去就是七八年。说是重新开始，其实离最初的起点差了很远。以前好歹有一笔退伍安置费，现在却分文没有，还欠了一屁股债。他的这个重新开始，倒回去了好几十年。

省吃俭用奋斗好多年，然后存了一笔钱，再一次回到了村里，继续开煤矿。前事不忘后事之师，煤矿也做得像模像样。加上那时煤炭市场突然一片大好，他很快就发了家。

有相当一些年份，他无限风光，开好车，住好房。可是随着两个儿子渐渐长大，进入初中后，就开始麻烦不断。再加上后来国家对煤矿管控严格，投资其他产业又无一成功，结果他再一次遭遇滑铁卢，开煤矿赚的钱都赔在了其他产业上，还欠了银行一笔钱。

这一次，他不再像上一次失败一样被打击得几近崩溃，而是豁达而又勇敢地面对。"钱嘛，还可以赚回来，我这不还活着吗？活着，就有机会，就有可能翻身。"每当和别人谈起自己的事情，他都会这样说。

如今，他带着两个因家庭变故而懂事很多的儿子还有老婆，在越南做生意。据说他在那边开了自己的工厂，银行贷款也早就还清了。

这是一个多么曲折却又充满希望的故事啊！对于有些人而言，这样的折腾可能没意思，劳累又担忧。可是，对于勇敢的人而言，这样有大起大落的人生，才更有滋味。

我们无法就此认定他的一生，但我想，这样的人，无论遇到多少困难，都能打碎自己重新组装，以全新的面目去应对新的生活。

这样的姿态，这样的气势，让人羡慕又佩服。

这世界上还有更多悲壮又伟大的故事。但仅仅发生在我身边，这些最细微最真实的故事，就足以让我感到羞愧。

我想，坚强和勇敢的人，并不是因为他们做什么都一鼓作气直达终点，这样的人不是最值得敬佩的；最值得学习和敬佩的，是那些真正经历了苦难却不放弃，经过万千险阻却终究没有放弃希望和停止脚步的人。他们满身伤痕，但每一道伤痕都有着独特的故事，都留下了时光的印迹。

人这一生总要经历困难，有时也需要一次次重新开始。

或许你现在处在事业的低谷，苦心经营的东西轰然倒塌，曾经积累的财富一夜之间消隐无踪；

或许你此刻正被感情困扰着，付出的感情都没有回报，最美好的相守突然就变为暗夜苦熬，那些说了好好地在一起的人，都不知去向；

或许你的学业遇到了困难，熬过一个个日日夜夜都没有收获，或者是因一次最平凡的小事就让你错失良机，前路迷茫；

……

其实，这些都不是最可怕的，最可怕的事情往往是丢失了自我，将那个曾坚强的自己彻底放弃：一个你站在大地上，另一个你却早已倒下。你不是被困难打败，而是被你自己。

如果你还没有被自己打败，那么祝福你，一切都还有希望。

那就勇敢地站起来吧，像最初上路的时候一样，昂首阔步，不惧风雨。

你要相信，也要告诉自己，困难不可怕，失败不可怕，没什么，大不了从头再来。

穿过风雨，才会更温暖

在不断行进的途中，现实给予我弥足珍贵的感动，也告诉我生命的哲学：走过困难，才知道成功的美好。穿过风雪，才懂得温暖的重要。

走过一段最为艰苦的路途，是在2008年年初。

那一年，数十年一遇的特大凝冻灾难，肆虐祖国南方大地，也封锁了我所求学的小山城。寒风吹打脸庞，一望都是坚硬的冰冻。补课快结束，凝冻的态势并没有半点减轻的意思。元月中，从县城到家乡小镇，原本半小时发一班车，在这冰雪封冻时节，有时候一天也发不了几班车。

我好不容易才弄到一张票，从早上8点就去候着，站在车站门前守候，生怕车来的时候人不在而被顶替。多想能够早一点回到温暖的家中。等待的过程很艰辛，单单是无情的寒风，就足以冻穿躯体，更别说紧挨着地面的脚板，已经被冻得麻木。

后来好不容易等来车，12点左右，从县城出发，原本只需要两个多小时的车程，硬是花了14个小时，从中午12点到第二天凌晨，在冰天雪地里前行。不，确切地说是艰难地爬行。汽车在一望无际的白色中，是渺小和无能为力的。一车的人垂头丧气、默不作声，没有埋怨这数十年一遇的极端凝冻灾害。

埋怨已经太多，没有必要拿在彼此陌生的客车上展现，更多的是希冀，是对遥远故乡温暖灯火的想念。

一路上都很冷，甚至忍不住瑟瑟发抖。然而内心深处是坚韧的，是充满决不放弃的信念的。这让我想起一个对比：同样都是风尘仆仆的旅途，归程却比出发温馨得多，是在一路行进的途中有某种精神上的东西在支撑着吧！

车窗外的天光起先是白的，铺满大地的白有点像大海似的一望无际，只是颜色有别罢了。一望而去给人天地相接的感觉。其实，这种视觉上的感染给人更多的是前途茫茫无所归依的错觉。

时间推移，天光变暗，每一个人都在默不作声地应对变化。是的，在艰难的旅途中，天气的变化可以直接影响一个人的心情，而时间的推移则让人更加煎熬。车内没有开灯，沉默在黑暗中变得凝重，在特殊时候，沉默是最坚强的抵抗，是最沉重的承受。任你风雨欺凌，任你荆棘满目，只要心怀希望，便可以放宽心来 默默承受。

后来竟然不知不觉睡着，不觉得冷，甚至有点安然的意味。

再醒来，车已停了，却是在途中的荒野之地。没有人家，没有任何可以取暖可以落脚的地方。

是因为被凝冻损毁的高压线垂落在车顶上压住汽车，

导致汽车无法前行，然后汽车打滑最后横于路中，所以归程被迫暂停。于是一车人下车，用实心钢柱击打冰冷的高压电缆。不知道击打了多少下，一车人轮流着进行，每一次击打都让人心里发麻，却也让人更有斗志。人有时候就是这样，越是困难越能勇往直前。

大约经过两个小时的努力，才换来集体的一阵欢呼。那根冰冷的高压线缆终于被弄断。继续旅途后，因为刚刚过去的团体协作，彼此之间才放弃沉默，相互交谈。夜里，侧目而望的瞬间，有种穿越的感觉，仿佛置身于时光隧道，前路为何，身后茫茫，一切都是不可知的。

内心深处，仅存的一点信念孤独地存在着。

路过小城，灯火离我们太远。贫困的山村，透窗而出的是微弱的烛光，很像故乡，很像遥远的童年，很像一个隔世的梦境。

空旷的夜，在车窗外叫嚣着的是风，是这一段尘世的麻木或者物质欲望。飞一般退去的，像夜，像一段段尘世奔忙的时光。山川与河流，房屋与树木，流浪人与狗，熟悉的陌生的，看得见的看不见的，都在途中一点点相遇，一点点错离，像无声的老电影，将时光回放。

汽车停下，在老家的小镇。

时间已经是凌晨。下车时感觉冷到骨子里，心里却是欢悦的，那种欢悦只有真正走过艰苦路途的人才能体会，才能心动以及感动。

本来两个小时的车程被放大7倍，而家还在步行两个小时之外。隔了山与水，却能感受到家的温馨。虽然累，却是幸福的。

毕竟，在这个物欲横流和麻木的社会里，获取这一路风雨归程中沉重但珍贵的幸福，是一件难能可贵的事情！

这是我走过的路，在我的记忆中留下了珍贵的记忆。

我不知道你有没有这样的经历，但我想，艰辛的旅途总要降临在任何一个人身上。

在茫茫的前路上，你说不清楚什么时候会遇上这样的旅途，甚至比我所经历的都要难上多少倍。但我相信，如果你曾经历，如果你曾在这路途中坚持下来，那你也将和我一样，对一段艰难的路途心怀感恩。

穿过风雪，才会更温暖。

是因为，曾经历最苦难的路，才知道最幸福的事情是平安。

你终将盛放，在最美的时节里

你相信10月桃树上还能有桃花和桃子生长吗？也许你不信，但我信。

就像有的人，不管面对什么，总是能够以属于自己的姿态，傲骄地活在自己的时节里。

周末的时候，在微信上看到朋友的动态，说在某处遇见桃花，更为奇特的是，在同一棵树上，竟然残留着一朵桃花和一个桃子——是最合适的时节里的那些桃花和桃子的模样，但却真真实实地出现10月里树叶枯尽的树干上。当我看到图片的时候，错愕之后打电话向朋友确认，得到的回答是肯定的。

就是这样，这些我们想不到的事情，都真实地发生着。我又突然想，其实，这又什么不可能？因为，总有一朵花，倔强地开放在不合时宜的时节里。

比如冬日严寒，大雪封锁整个院落的时候，草坪上的枯草被埋得寂寞无声，但角落里，却会偶然发现一株嫩绿的小草，恣意盎然地生长着，在寒风中轻轻地晃动身子，好像一个还不懂得时令变化的小孩，穿着短裤在冬日里行走，弱不禁风，却又有些倔强。比如，我曾在春节里遇见过一株牵牛花，在南方潮湿的冷空气中，伸展着细细的蔓藤，有花骨朵含苞待放，那一刻我掏出手机，查阅它的花期，网络告诉我，它的花期是6月到10月，那一刻，我有种轻微的震撼，因为这世界上竟然有这样的倔强生命。

事实上，生在农村的孩子，都应该有这样的体验，再寒冷的冬天，当你推倒一堆草垛，总会在里边湿润的泥土上发现些许嫩芽；当你流连秋收后无人打理的土地里时，总会在角落里发现些新长的小生命……

花如此，草如此，人也如此。这世界庸庸碌碌，但总有些人，倔强，个性，像一朵花开在不合时宜的时节里。

曾遇见过这样一个人，每天清晨都要去一次附近的广场。21岁年轻的男子，胡须刚刚如同青草冒出泥土一样生长起来，坐在一群打太极、跳广场舞的老人身边，是那么的显眼。他什么也不做，就坐在那里，看上10来分钟，然后起身忙自己的事情。那时候，他大三，准备考研，时间紧张，但这个习惯却一直没有改变。在朋友小聚的饭局上，大家调侃他的这个行为，说你这样硬生生地把自己憋老了几十岁，你一小伙子，天天去看老头老太太晨练，有意思吗？他不说话，只是笑。我刚好坐在对面，看到他笑得很安然，不是尴尬地应付场面，而是自有意味的坦荡的微笑。我突然想，这是个内心强大的男子，一定是心有所想，知道自己为何如此，而不是那种整日无措，不知道目标而四处流浪的人。为确证这一想法，我在饭后寻他交谈，问他为何会如此。

"观察，听起来很玄乎，觉得是否像装蒜？现在年轻人最喜用这些词汇，觉得是时髦，事实上却玷污了一些人的执着。"

"观察？你在寻找什么？"

"我只是想知道，我年迈的时候是什么样子。当我看到他们时，我就想，以后我也会年老体衰，体力和心力都将耗费殆尽，成为整日靠麻将、扑克、电视剧以及喧嚣的广场活动度日的人，这让我感到害怕，让我感到时日不多，正在做的事情更应该抓紧去做。"

"你每日都这样去一次和只去一次，效果有什么不同？"

"只是怕自己会麻木吧，说不清楚，但每次看上那么一会儿，这一整天，我就有了充足的信念，去做我自己想做的事情。"

我理解他。他每日都要在图书馆待上10来个小时，依靠这样的观察，来提醒和逼迫自己。我问他："是否觉得自己很独特？"他说："没有，我只是觉得，我比身边的人更清醒。"清醒，也就是独立自知，不论他人是否理解，都深知自己应该怎么做。就是这个人，后来以专业课接近满分的成绩，进入北京某所大学读研，做昆虫研究。我们偶尔在网上相遇，他告诉我他有时候到偏远的乡下做调研，一去就是半个月一个月，"在城里长大的家人都无法接受，但是我喜欢。"他说。

我想这是个奇特的人。在自己坚持的事情面前，不论他人怎么看待，都能一如既往地努力着。

在我农村老家附近的村里有个这样的人，小学未毕业就跟随他人前往昆明打工，在包子铺做学徒，每天凌晨4点就得起床帮忙，六七点推着小推车出去吆喝卖包子，整整1年零3个月，不堪劳累回到村里，原本瘦小的身子，看起来更加弱不禁风。后来下井挖煤，又是两年，日日在地下作业，神色也更加黯淡。

那时候我上高中，有次回家，黄昏时分在进村的路上撞见他。他一脸乌黑，只有两只眼睛转动着，要不是他主动跟我说话，我都会认不出来。我问他为什么不读书，他说："家里穷呀，想早一点出来做事，多少是赚点钱，一来给家里补贴，二来也是为自己打算。"

"你觉得挖煤有出路吗？"

"没有，但它能够让我积累些钱，为我以后做生意打基础。"

我有些不可置信。那时候，他十几岁，因为高强度的地下作业，让他看起来像生病一样。他想要做生意，这个我可没想到过。在这个两县交界的小村庄里，从现世的角度讲，他的梦想更应该是攒钱盖三间平房，讨一个与自己相配的村姑，尽量让一个家庭看起来充裕幸福。我说："你很特别。"

他说："你也是，这个村庄里，一直在努力学习的人不多。"

后来，政策下来，有的小煤窑都被关闭了，但他还没攒到多少钱，就不得不离开了煤矿，在家里无所事事。我上大学前，他来过我家，我们再一次旧事重提。他说："我还是想要去做生意，虽然我没钱，但是我能吃苦，能熬。"我问他："如何积累资金？"他说："打工。"

我还没去大学，他就只身去了福建。听说在那里，他省吃俭用，一年后，盘下了一家小得不能再小的烧烤店，凭着吃苦耐劳的精神，他硬是把那家小烧烤店做得风生水起。等到我们再见面的时候，他早已经换了面貌，看起来神清气爽，想来是生活的富足让他呈现出完全不一样的姿态。他开着一辆市面售价8万多的车，跑在城市大街上肯定也毫不起眼，但就一个村庄而言，已经是不得了的事情——我的意思是，这些年，虽然小轿车的影子在农村也并不少见，但是像他这样白手起家通过多年努力而获取一定成功的，他是我们家乡唯一一个。

我很佩服他，是因为在农村，外出打工的人太多太多，但是他和他们都不一样。当个别人流连各个小区，做着偷鸡摸狗顺手牵羊的勾当的时候，他却能够在工厂里沉静下来，保持着纯真的心，赚取属于自己的干净钱；当别人每月都会把辛苦钱花得一干二净的时候，他却省吃俭用，把能攒下的钱都留下；当别人都一心想着趁着年轻打几年工回家种地的时候，他心里想的确是积累资本做人生的转型……

"是否受到过质疑？"我问他。

"不少，因为大家都觉得，你一个农村孩子，在陌生的地方，除了安安分分打工，还能干什么啊？他们都觉得我想要做生意的想法太荒唐了，觉得这些不是我们农村人应该去做的。"

"想没想过放弃？"

"想过，最困难的时候想过，可你说我们这些农村的，又不是没吃过苦，很多困难，熬一熬就过去了，你说呢？"

我点头。是啊，人生不正是这样的吗？很多困难，熬一熬就过去了。

他给我上了最深刻的一课。那时候，我正好遇到写作的瓶颈期，内心很多想法，却动不了笔，即便硬憋出来，发出去也没人看、无法用。我差一点就放弃了，听到他的话时，我突然醒悟，心里告诉自己要努力下去。

如今，他依旧在异乡努力，说着蹩脚的普通话，为自己的梦想打拼。就事业而言，也许不能说他特别成功。但换个角度，他确实成功了，因为，在所有人都没有梦想的环境里，他靠着一个小小的"妄想"，一路坚持了下来，并且取得了一定的效果。

就像我们曾遇见的那些错过时节的小花，在不合时宜的环境中，倔强地开出了属于自己的芬芳。

我相信在苍茫人世，独特而个性地生活着的人很多很多。时代在淹没一批人的时候，却也让那些倔强的人站了起来。这一切都缘于他们的坚守，不顾一切，与风雨兼程。当这个时代的很多人，都选择了妥协而碌碌无为的时候，他们的坚持成为一道独特的风景。

想来每一个人都应该向大自然学习，因为这自然中有着太多太多让我们震撼的事情了。它们看起来那么微不足道，可是却无处不在地向我们呈现人生的真理。

　　总有一朵花，倔强地开在不合时宜的时节里。如果你愿意，你就是那朵花，风霜雨雪随时都会到来，花期也可能会错过，但是这又有什么可怕的？因为，开放与时节无关！只要你坚持，就一定能够开出属于自己的芬芳来！

像向日葵一样生长

人世各有姿态。有一些人，永远活得像一株向日葵，无论遭遇什么，始终以最美好的心态寻找生活的阳光，迎着光芒恣意盛放。

比如用生命书写的她。喜欢她的文字，不是因为写得多好，也不是具有多深的思想内涵，而是她在苦难的一生中，从不抱怨不放弃，写出温暖的句子。早前，我在和她交流时并不知晓她是残疾人，以为只是个崇拜张海迪的固执小孩。2011年2月21日，她的博客惊现其离世的讣告，我惊愕又难过，才细细地在网上查询她的信息，知晓她短暂的一生。她是不幸的孩子，身患先天性重症肌无力，胸部以下全部畸形，因此失去在学校学习的机会。命运并没有难倒她，正如人们所说的："上帝为你关上一扇门时，就会为你打开一扇窗。"因为对知识的渴求，她从11岁开始自学。她是幸运的，凭着自己的努力，学习了高二以前的全部知识，并坚持写作，写出了很多阳光而美好的文章。多年前我在《青年时代》做编辑，编发她的诗歌并附手记，写她的生平事迹，想让更多人看到她在苦难面前不屈不挠。她的生命悲怆而短暂，但因为心中有梦，因为坚持前行，而得到了另一种圆满。她叫董旭云，目前身在天国的90后天使。

我想起诗人朋友左右。他在中原大地匍匐于诗歌旷野中，因梦想的坚持，自认为得到超于常人的幸福。他说："诗歌让我听见更多。"只此一句，就足以让人感动，因为身体的残疾并不是绝对的不幸，真正的不幸，是对生命的自我放弃，是对人之为人的不认同。几年前，一家媒体要给他开专栏，但专栏名得冠以"残疾人诗页"字样，被他严词回绝，申明说："残疾不是用来博得大家同情和怜悯而给我发表文章的资本，尽管它是上天恩赐给我的一种生存姿态……我把我的残疾毫无保留地展示给这个社会，这是我对这个世界的肯定，对社会上一切人的信任，也是对生活的热爱与眷恋。尽管我没有听力和语言表达能力，但我在诗歌世界里拥有了千千万万只耳朵和嘴巴，我的诗作就是我嘶哑而渴望的声音。"他曾在深夜给我发一张照片：太阳下，马路边，他举起一只鞋子，放在耳边聆听，神色安宁而沉迷。就着这张照片，再读他的《聋子》，突然又有了新的感动。对他而言，遭际竟幻化为幸福的源泉。他是一名真正的诗人，是在现实面前不俯就的英雄。

多年前去广西参加诗歌节，回程从贺州坐汽车去桂林转车途中，遇见动人的一幕：一个人以手为足，在拥挤的人群中，背着沉重的行李，吃力地爬上汽车，然后气喘吁吁地放下行李，大大方方地和同座的乘客打招呼，神色中并无一分自卑。沉闷的两个小时车程，因为他在前面口若悬河，幽默又风趣，大家也就不再感到时间难挨。据他说，他经营一个小摊，虽然收入低，但养自己不难。"要饭这个行当我干不了，虽然身体不便，但我还能自力更生。"下车时我走出去很远，回头看，他艰难地"爬"着，耳畔又想起他在车上对同座说的话。

更多的他们，在苦难生活里倔强地活着，有自己的幸福，也有不言说的沉重。比如一个从湖南转到甘肃老家，最后死于小县城的女孩，她最后对我说的是："我知我即将离去，但并不害怕，因为爱足够多，痛就失去了知觉。"故乡以划船为生的叔叔，年轻时被炸断一只手，却独臂在高原河流里搏斗，数十年来，从未惧怕流水浩荡和寒风烈日；经常在学校看到的那个挂着拐杖的女孩，身有残疾，但眼神坚毅，没有自卑和绝望……他们如此相似又如此不同，各自强有力地存活在这个纷繁的人间。

2015年的某个季节，我日日熬夜改书稿，突然痛失U盘，文稿遗失大半，合同截稿日逼近，灰心失落、焦躁不安，有一夜梦见大片向日葵，耳边有人说，你要像向日葵一样生长，只要坚持，就一定有专属于自己的那一缕阳光。我梦中醒来，看见暗夜里有光。

如果你遭遇失意，愿你也梦见那一片向日葵，醒来时，能像一株向日葵一样恣意生长，触摸到希望的光芒。

世界不曾亏欠你，亏欠你的是自己

01

你深夜打来电话。

"这世界亏欠我太多了。"颓败的气息从电波那端传了过来。

这世界上有那么多工作岗位，却没有一个愿意为你敞开怀抱；

这世界上那么多姑娘，却没有一个人愿意为你停留；

甚至楼下的那只猫，也只愿在隔壁的门前逗留，不对你家抱有希望……

太多了。

在人来人往的上海，在繁华异常的都市，这么大的世界里，没有一块地属于你。

事实上，觉得世界亏欠自己的，不只你一个。

我只想说，世界不曾亏欠你，亏欠你的，是你自己。

02

你一定无法理解，自己怎么亏欠自己呢？

首先是你的消极。

我佩服那些无论面临多么糟糕的境况，都能乐观积极的人。比如，我那个跛足的大学同学。

我认识她的时候，她刚经历过一次手术，拄着拐杖，走路不便。因为手术休学，从上一级留了下来，特殊的身份，残疾的身体，陌生的室友、同学，都有可能影响到任何一个人，但却没有影响到她。她总是脸上挂着笑容，热情地和每一个陌生人打招呼。

不能军训，她就坐在旁边，为大家倒水；不能参加运动，她就备好掌声，给同学鼓劲。整个大学期间，我不曾见她失落伤心。如今她在一个重点高中当语文老师，一直保持着乐观积极的心态，豁达让她的生活充满阳光。

生活或许不容易，但她用乐观活出了精彩。

如果你是那样的人，一定不会觉得是世界亏欠你。

03

懒惰也会亏欠自己。

说一句俗套的话：机会永远只留给有准备的人。又有一句更俗套的话：勤能补拙。

我的朋友小木，是一名年轻的摄影师。她的名言是，只有走出门，才能走出去。

她原本是一名默默无闻的摄影师，如今是某中央媒体的签约摄影师。为了拍到最美的日出，4点出门，架起相机苦等；为了拍到最独特的群体，蜗居乡野两个月，拿出一组反映留守儿童生活的作品，广受赞誉；为了完成客户的要求，连日奔波，不说苦累……她的故事很平凡，和每一个勤奋的追梦人一样，无须多提。

梦想不是唾手可得的，要去追，才能抵达。

如果你不出发，光芒不会走到你的身边。

你要是不伸手，近在咫尺的美食，也不会自动跑到嘴巴里。

这个道理，你懂。

04

认命是最可怕也是最可悲的。

这个世界上，官二代、富二代，毕竟是少数。

大部分人出生卑微，无权无势。这是命运，并不可怕。可怕的是认命，觉得人生就只能这样了，得过且过。

我听过一个故事：一个农村男孩，没读过什么书，打工时和一个城里姑娘恋爱，但女方父亲死活不答应，不止一次将他赶出门，理由便是他家里穷。

小伙子却是不认命的人，又固执，索性辞了工，摆起了小摊卖衣服。后来他又改开粉馆，做家乡特色粉，没想到广受欢迎，生意越做越大，两年开了几家分店。有了钱，买了车，买了房，他便迎娶了白富美，成为了世俗眼中成功人士。

这个听来的故事，不是要告诉你努力去做个有钱人，而是说无论你什么出身，都不能认命。因为只有不认命的人，才能绝地逢生。

不认命，才不亏欠自己。

05

抱怨世界的人永远在原点。

只有那些对未来充满希望、勤奋努力、相信自己的人，才能抵达要去的终点。

这个世界不曾亏欠你，少一些抱怨，多一分自信。

向前走，就能抵达美好的未来！

第二辑

爱呀爱呀，这逆光的青春

尘世间只此一个你

爱情真是个奇妙的东西，万千人中，那么陌生的两个人，相遇的一瞬间，电光石火迸发，彼此的生命就有了关联。可以想见，这么大的世界上，这么多的人群中，你单单看上了他，他独独看上了你。有过那么多人，却终究只一人相伴终老。

最美好的爱情是：无论走过多少路，看过多少人，发生过多少事，当我们侧目的时候，身边那个人，依旧是多年前的那一个。"执子之手，与子偕老"，这样的誓言，不需要张口说，晚年的某个黄昏，看看身边的人，就懂了。尘世间只此一个你，灿烂了我的一路狂奔，又温暖了我生命的黄昏。

而这些爱情中的人，他们平凡，却又是多么伟大啊！他们的爱情故事可以娓娓道来，简单自然，并没有什么轰轰烈烈的情节，却又像一首荡气回肠的史诗，给予那些在爱情面前迷茫的人无限的光芒与希望。

曾有人告以我她好友的故事。她的好友，我们就叫她小薇吧。

先交代一下人物背景。小薇家在西部小县城，家境优越，父母都有让人艳羡的工作，尤其父亲人脉广，很有些办法。小薇高中那会儿，与一个乡下来的穷男孩在一起，这恋爱一谈，就从高中谈到了大学，谈到了大学毕业。

大学毕业之后，小薇在县城一个学校教书，而男孩则一时没有稳定的工作，在县医院里临时干着。小薇特别爱这个男子，最大的希望，是和他结婚生子，建立属于自己的家庭。于是，小薇寻了个时机，把男朋友领到了家里。

小薇的父母问男孩在哪里就业。男孩老实相告，在县医院，临时干着，没编制。

小薇的父亲问："以后对工作有什么打算或者计划？"

男孩说："我觉得现在挺好的。"

男孩走后，母亲把小薇拉到房里说："不行，分手，这男孩太没上进心了。"

小薇的父母极力反对小薇和男孩在一起，就是觉得男孩没有上进心。原本小薇的父亲觉得，如果男孩有什么想法，凭着他在县城的人脉，找人帮个忙，特殊照顾一下。可男孩竟然说，在县医院当临时工挺好的，对于父母而言，这可伤透了心，这样的男孩，他们怎么敢把女儿托付给他呢？所以必须分手。

小薇是那种软弱又没有主见的人，耗不过父母，心一狠，和男孩提出分手。男孩努力了几次都没能和好，于是远走他乡。

分开后，小薇那个痛苦啊！总之整天垂头丧气，无精打采，对生活和工作也没有了什么激情。

朋友告诉我，小薇和男孩分开半年，依旧沉溺在这种痛苦中，经常凌晨三四点不睡觉，通过空间日志和留言板诉说自己的悲伤。她确实太爱那个男孩，可是因为抵挡不住父母的反对，没办法只好分开。

我的这个朋友和小薇关系非常好，看着小薇这种状态也是没办法，只好发动伙伴们帮她介绍男孩，可是一个个都如同过眼云烟，她都看不进眼里去。

朋友告诉我这个故事的时候，我们之间的讨论点，有相当一部分停留在男孩给小薇父母的回答上。我的观点是，小薇父母由男孩的回答得出其不上进的结论不是没有道理，但是很草率。面对小薇父母这样的问题，怎么回答都有风险。像男孩那样回答吧，没上进心；回答说如何计划吧，稍不注意，就可能被认为功利、物质。也许，当时男孩只是不好意思开口说自己的计划呢？我当时说，这种情况不是不可能。

但不论如何，结果是他们分开了。一方面，是因为小薇父母的草率反对；另一方面，也是因为小薇的无主见和软弱。

7个月后，小薇父母托朋友给小薇介绍个男的，小薇赌气，和那个男的认识两周后，领证结婚了。如今，小薇和自己的丈夫，生活平淡，平淡到没有味道。丈夫的确很有上进心，简直太有上进心了，上进到顾不上家庭，小薇时常感觉自己成了家里的摆设。

我们不能说，小薇的婚姻是失败的。但可以肯定的是，她并没有得到婚姻应该给予她的福祉。因为，她与丈夫结婚的原因，并不是因为爱，而是因为赌气。赌气和一个自己不爱的男人结婚，这对于她自己，甚至对于她的父母，都是一种伤害。

有人说婚姻是爱情的坟墓，那是对于那种没有爱的婚姻而言。两个人相爱，爱情并不会因为婚姻而结束，反而因为婚姻而升华。爱情演变的亲情，和原本的亲情，有着天壤之别。

这尘世间，能与我们温暖相伴的人，真的并不多。每个人身上都有不同的属性，你永远无法叫醒一个装睡的人，也将永远无法温暖一颗冰冷的心。只有唯一的那一个人，能成为生命的最终风景。

不能说小薇的丈夫永远都不是懂她的那个人，但是，至少目前看来不是。

我想，如果当初男孩聪明一点，女孩有主见一点，父母开明一点，这个故事应该会有美好的结局，而不是现在这个样子。

相信我们的生活中并不缺乏这样的例子，有的人一路坚守，有情人终成眷属。也有的人在爱情的路上选择放弃，放弃心爱的人，和另外的人在一起。

我们不能断言一个人跟谁在一起最幸福，但是当事人有足够的感知，明了自己的选择是否正确。时间会给他们答案。

只是，相信每个人都希望最想相伴终老的是自己最爱也最爱自己的那个人。

尘世间只此一个人，给我温暖和光，给我无限的爱与欢喜。

无论你正在爱情里面享受幸福，还是在选择的路口迷茫不知往何处走，抑或是正经历着最艰难的苦难，都希望你能够多一份心珍惜，能够遵循自己的内心做出选择，不要放弃自己的爱人。

那么多的爱人能走过的苦难，为什么你走不过？

那么多的爱人能做出来的事情，为什么你要畏畏缩缩？

亲爱的朋友，不论你身在何方，是否有属于自己的爱情，我都希望你能够在爱情中找到尘世间唯一的那个人。

用心相爱的人最美丽，但愿你是。

心房才是最温暖的家

午间休息和同事闲聊，因为有个女同事要去民政局开未婚证明，被我们趣解为"单身证明"，用以在签订购房合同时出示。

于是大家的话题自然就聊到了房子与爱情。

有个年纪稍长的同事，眉飞色舞地给我们讲了她表哥的故事。

她表哥现居上海，在某品牌润滑油企业身居要职，收入颇丰，以前租房的时候每月单单房租就是好几千，却找不到女朋友。后来一狠心，花了300余万元买了个房，却依然还是单身族。

这就让人奇怪了，你没房的时候找不到女朋友能理解，可现在有这么好的房了，本身也长得又高又帅，为何还单身？

同事说，买了房后，不是找不到，而是不敢找。她说她表哥买房后，介绍对象的人明显多了，相亲都几十次了，但每次女方都会问："你有房吗？"其中有不少人问："你介不介意在房产证上添上我的名字？"更有甚者，说："我的要求很简单，把房产证名字换成我。"

她表哥说："我怎么知道这些人是不是为了我的房子。"

所以就这么一直单了下来，眼看40岁到了，可还是没找到自己要的那个人。他说我要求不高，就是平平淡淡跟我过日子，不要动不动就给我提房产证名字的事情。

受到这个故事的感染，另一个年岁已近退休的老同事，就谈起了另一个故事。

他有个亲戚的小孩，初中那会儿成天捣蛋不学习，成绩差得不行，到了高中偏偏一路飙升，最后高考考了某军事院校。该君非常不喜欢这个学校，不想去报到，是被家里逼着去的。结果读了两年，还是选择了退学。退学的时候被当成了退伍学员，发了一笔退伍费。

该君退伍后又一次参加高考，并考取上海大学，几年后毕业，也选择留在了大城市，现在正在大城市打拼。按说他的工资在家乡已经高得了不得，可是在大城市里就是买不起房，因此连恋爱都不敢谈。

"房都买不起，拿什么谈恋爱啊？"该君面对家人的质疑，如此回答。

我这个老同事就给自己的亲戚支招，说反正你们家就这么个孩子，而且你也很想在大城市发展，不如卖了你现在的房子去那边买吧。亲戚一脸苦相，说："卖了这里的房子，也还是买不起啊！"

不到10分钟，我就听了两个与房子和爱情相关的故事。一个是有大房子却因为担心相亲对象目的不确定而不敢谈恋爱；一个是因为买不起房觉得没人要而不敢谈恋爱。这两则故事中，房子都是主要因素，好像爱情和房子，就是这么分不开的。

前些日子看《奇葩说》，有一期辩题很有意思，是"要大城一张床还是小城一栋房"。辩论中正反双方唇枪舌剑，各有各的理。

有人认为，与其在大城市累成狗，还不如面朝小城，春暖花开。但北漂一族对此坚决Say No：大城市机会多，不用拼爹，靠自己也能上位，海量新鲜信息快速浏览，让人对工作充满激情活力，二三线城市的你，只能在网上无下限吐槽雾霾的帝都，小城市的生活，没有最土，只有更Low，只有大城市，才称得起高大上。

"要大城一张床还是小城一栋房"，这看起来是一个与梦想有关的多么正能量的辩题呀！但本质上还是房的问题，是在不同的环境中房与人的距离及房对人的作用与意义的问题。这其中也隐含着爱情与房的关系。你可以想象，无论你在大城还是小城，爱情都将是你生命中浓墨重彩的一部分，它或许最初都无关一切，但爱情最终走向婚姻都可能牵涉到房子的问题。

房子，这个简单的词汇，已经成为我们生活的重要内容，成为女性在选择爱情和婚姻时考虑的主要因素。有的女生说："你可以没有多少钱，长得也不咋出众，没有好工作，但你必须有一套房子。也许，还要加上一个城市户口。"不少男生也说："房子都买不起，没有资格谈恋爱。"

于是我们发现，那么多相爱的人，一直耗着不结婚，一问原因，没房子。爱情耗着耗着，耗到一定程度还不结婚，基本上就完了。这是比较圆润的情节，更为残酷的现实往往是，两个人相遇，到了该确定关系的时候，因为女方一个对于房子的要求，一段原本可能的姻缘解散了；抑或一对恋人，到了该结婚的年纪，父母一句没房子不同意，又分了。

男方怪女方太现实，女方怪男方没本事。这大约是我们这个大时代里，最容易发生在情侣之间的问题了。

好像只有房子才能保证爱情的长久，如同投资一样，固定资产的存在，让人不管发生什么，都能感觉到抓在手里的东西还在。

房子很重要，这大概是所有人都赞成的观点。风雨中，是房子为你遮风挡雨；黑暗中，是房子将你与恐惧隔绝。

但将房子作为换取感情或婚姻的必需品和代表，似乎又成了一种交换，好像这感情的另一方并不是那个活生生的爱你的人，而是一栋坚硬的房子。

天底下的房子那么多，并不是每一栋房子里的每一个家庭，都是温暖和幸福的。

有的人守着一套房，却无法得到温暖的心。

有的人生活清苦，没有像样的房子，却生活幸福。

这样的例子并不少。

大学的时候有个关系不错的美女小婉，有过一段比较让人无法理解的感情。

她爱上了学校里面的某个老师。该老师40来岁，有一个读初中的儿子。他已经离婚多年，物质条件不错，有车，有单位套房，还有自己在外买的一套房。

他们最初在一起的时候，虽然遮遮掩掩怕人说闲话，但终究还免不了卿卿我我。也许是男方年龄大出女方太多，那老师也特别能迁就她，她的那些小性子，在老师那里都成了甜蜜的源泉。

后来毕业了，因为这段感情，她自然而然就留在了省城，住在老师在外买的那一套房里。虽然大家都不理解她这种口味，觉得你一个二十三四岁的姑娘，跟着这么老的男人在一起，不是亏大了吗？可人家说了啊，跟谁在一起都是恋爱，跟他在一起好歹还能好好照顾我，哪像我们这些同龄人，一点不会照顾女生。

开始的时候，不少人觉得她是贪图老师的那些物质，但现实告诉大家，并非如此。非常可靠的现实信息，这美女家里也挺有钱，家在号称"西南煤海"的县城，其父手下就有几个煤矿。

我们相信这份感情是真的，唯一担心的是男方是否真的爱她。

"爱呀，很爱，否则不可能给我婚姻。"她如此回答。那老师明确告知她，说他那样的年纪，婚姻已经不重要了。没想到这姑娘还是死心塌地，执迷不悟，一头扎进去了。没有办法的好友们，只好给予诚心的祝福。

我们一直以为这个姑娘现在一定过着悠闲而又富足的生活，就像童话里写的那样，公主和王子幸福地生活在一起了。

可前些日子路过省城，相约喝茶，才知道她从老师的房里搬出来已经有些时日。搬出来后，她在某师大附近租了个小单间，自己找了工作，每天朝九晚五，过上了上班族的生活。

为什么会这样呢？她说，那么大的房子，多一个人，你会觉得是属于你们的，但如果只有你一个人，就会慢慢觉得自己也仅仅是这房子里的一件摆设，好像不是房子里的人需要你，而是房子需要你。

原来那老师工作本来就忙，她在之前的溺爱中将自己的小性子滋养得越来越过分。这都是次要的，重要的是，她渐渐感到对方对自己的厌倦，比如原本不吵架的，但因为她一次小撒娇，就可能吵得不得安宁。吵架后，老师摔门而去，大房子里就剩下她孤零零的一个人。

他不再那么爱她。开始争吵，开始冷战，开始一夜夜地不回家。在属于他的房子里，她时常一个人夜半醒来，夏天里也感到冷和孤独。就是这样，她选择了分开，搬出了他的房子，重新开始属于自己的生活。

"如果一个人不爱你，给你再大的房子，都会感到寒冷。因为无心的人，永远也温暖不了你的心。"她说。

高中那时候我也在县城租房。在我所租房的小院子里，有一家特殊的住户。整个院子基本都是乡镇来的学生，只有那个不大的房子里，住着夫妻俩和一个儿子、一个女儿。

夫妻俩都30多岁的样子，正值壮年，看起来纯朴真实，待人也和善，很受院子里的人们的喜欢。他们的两个孩子，男孩年岁稍长，已经上初一，很懂事，经常帮着他们干事；女儿读小学二年级，长得漂亮可爱，见到我们经常哥哥长哥哥短地叫，大家玩的时候也特别愿意带上他们兄妹俩。

就是这一家子，拥挤地住在一个不大的屋子里，中间拉开一个帘子，摆下几张床。男的开三轮，做些小运输什么的；女的开始卖些小菜，做点小本生意。这和睦幸福的一家子，给我们的求学生活带来不少欢乐，同时也带来不少的便利。

他们一家来自离县城不算太远的乡下，为了孩子读书方便也为了找些营生的活做而来到这里。都说贫贱夫妻百事哀，但他们一家子却让人看不出任何"哀"来，生活简简单单、平平淡淡。

后来他们开始做工地活，那辆三轮就更加派上了用场。女人也特别能吃苦，背水泥、扎钢筋、推小车，什么都能干。

后来我们就搬出了小院子，但偶尔会回去找他们的孩子玩，没事的时候，他们的两个孩子，也会去我们的新租房玩。都是乖巧听话的人，所以大家都喜欢。虽然搬走了，但还是经常在路上遇到，他们面目之间都是疲惫的，想是为生活奔波劳累所致。

高二的时候，突然接到他们电话，邀请大家去他们的新家玩。到了才知道，原来前一日他们乔迁新居，而新居就在那个租房的小院子不远处的树林中，二层小楼，蓝色瓷砖外墙，转角小楼梯别致又大气，内外都看起来是细心打理过。

一家人开开心心，招呼我们聊天吃饭。男人话不多，但神色之间有喜悦，有说不出来的激动。女人话多一些，陪着女孩们聊天，说前一日乔迁酒宴想叫大家，但想着都是远道来的学生，叫来担心大家尴尬，就延了一日，等宾客走了，再把大家叫来玩。真是个善解人意的女人。

聊到开心之处，她说："一开始我们结婚那时候，哪有现在这样的房子。他家很穷，只有一个土坯的旧房子，还得三兄弟分。我妈那时候反对我嫁给他，说他们家什么都没有，但我就想只要我们勤快点，建个房子并不难。"她说的时候，他的男人在旁边嘿嘿笑，说我们家的房子是不好，但也是村里最好的了。大家都知道夫妻俩在开玩笑，也都跟着笑。

女人感慨地对女孩们说："其实我也跟你们一样，也想每天有如花似玉的容颜，享有富足的生活，想买什么就买什么，可是现实并不允许我，我爱上这个没钱的男人，并不能依靠他给予我这样的生活，唯一的办法就是跟他一起奋斗，拼出这样的生活。好在这些年的努力都没有白费，这才有了这个房子，孩子们都听话健康，我觉得现在挺好的，我不觉得自己的生活有多辛苦。"

她的这些话，对于那个年岁的女孩们而言，并不具备教导作用。也许仅仅是酒精的作用，让她将心里的话吐了出来。但这样的话，其实也是她的生活经历的总结。

爱情让他们拥有一个温暖的家，时间让他们奋斗出一栋安稳的房。一起走过最艰难的岁月，才能一起享受往后的幸福与荣光。正因为来之不易，才会倍加珍惜。

2011年有个小品叫《新房》，由蔡明和刘威主演。

讲述的是"蔡明"生长在城市的"女儿"和农村人"刘威"的儿子好上了，刘威是一个乡下养猪的，没有钱给儿子买房娶媳妇，"蔡明"的女儿就与他儿子串通好，借了一个房子忽悠"蔡明"，期望她能够同意这门亲事，经过一番说谎的纠结、难堪，最后"蔡明"同意了这对孩子的亲事。其中有一句经典的台词——房子不是家，有爱才是家。

是啊，有爱才是家。有一栋房子，是能遮风挡雨，但却未必能让你一夜安眠，未必能让你在梦醒时分感到温暖。能让你安眠的是幸福的生活，是爱你的爱人。幸福的脸庞兴许有很多种，但幸福的内容，无非是家庭和睦、亲人康健、夫妻和谐、感情稳固，这一切看起来，都和房子没什么直接关系。

很多人都说，没有房子，哪里来稳定的生活？但稳定的生活，就能代表有稳定的感情吗？

君不见多少妙龄少女，把自己的青春和爱情，一日日地埋葬在一套套冷冰冰的大房子里，自以为得到了自己最想要的，却在熬过无数个寒夜之后幡然醒悟，发觉时光已逝。

君不见多少爱人在艰难的人生中相互搀扶，一起熬过寒夜，一起走过艰辛，一起遭遇过绝望与失落，却终究如胶似漆，爱情也因这一起走过的路而更加醇厚，最终又在自己的努力中得到该得到的生活。

家是什么？家不仅仅是一套宽敞的大房，还包括了里面那些人，爱人、孩子、父母以及这人与人之间的关系和感情。房子再大，能供你安眠的，只是一张床和爱人一个温暖的怀抱。

而心房，才是最温暖的家。

我想告诉那些正在爱情中面临着要不要房的抉择，抑或在开始一段感情前纠结于自己没有房而不敢迈步的人，如果你是真心想爱，认定那个人是自己的幸福源泉，那就勇敢地走下去吧！

这并不是说，不该在爱情中考虑诸如房子之类物质问题，而是说，当我们深切地爱上一个人，在面临选择的时候，不要把一栋房子或者一辆车子看成必备条件。

爱情中对物质条件的考虑本身是没有错的，追求安稳富足的生活也是每一个人的权利和自由，但是因此而放弃所爱之人，放弃一起走过的那些美好岁月，将是多么残忍又得不偿失的事情啊！

因为，物质的东西，没有的可以创造；但感情的东西，错过就极有可能永远追不回来。

你是最好的女孩

KTV的聚会，原本井然有序，但Y小姐来了后，一切就都乱了。

她先是撕心裂肺地唱歌，唱得大家肝都颤抖了；随后大灌啤酒，喝不下的时候啤酒顺着脖子流到了衣服里；最后号啕大哭，含混不清地说着话，在喧闹的KTV就更加听不清楚了。总之这一切，似乎是一个失恋者所必经的事情。

等到聚会结束，大部队散去，少部分人相约继续吃喝，才见得她安静下来。

"一定是我不够好，"她说，"不然为什么总是失恋呢？"

心疼她的女伴们，纷纷出言安慰，却又无能为力。

Y小姐的爱情一直是圈子里永不厌倦的话题。

我们认识她的时候，她就谈着一场轰轰烈烈的爱情，忘乎所以，不顾一切，结果是，对方劈腿，被直接捉奸在床。

后来她有了新的爱情，谈了不到半年，分手了。对方提出来，理由很简单又很有道理，累了，倦了。那就分吧。Y小姐那时候还是比较理智的，两人还专门吃了一顿饭，离别之际有没有吻别，没人知道。

再后来，谈了个大自己几岁的男朋友，结果对方提前毕业了，距离还没来得及产生美，就先拉大了心理距离，最终是否产生小三无人知晓。只是某一天，Y小姐悲伤地在微博上质问：为什么受伤的总是我。无声地宣布了自己的失恋。

第四次，Y小姐比较现实，找了一个和自己同级的男朋友，两人谈得也算风生水起，一切看起来那么理所当然。朋友们都以为，这次应该能够安稳一些时日了。但好景也只持续到毕业，应了那么一句"毕业那天我们一起失恋"，毕业了，他们也就分手了，各自走天涯。

工作后，Y小姐奋发图强，深得上司喜欢，前途一片明朗，加上本身长得还可以，热心的同事就给介绍了一个男孩，没多久就在一起了。Y小姐的计划是，认认真真谈下去，一年后就差不多可以考虑结婚的事情了。毕竟工作安稳，那时候也都考虑得差不多了，是时候稳定下来，成立属于自己的小家庭。但不幸的是，就在前不久，男孩提出了分手。

这不，就是因为这个男孩，她才有KTV里的那一幕。

"一定是我不够好！"Y小姐喃喃说出这句话的时候，四下一阵低微的叹息。

有一个好友，在机关上班，有天给我打电话诉苦，说又被领导批评。

这已经不是第一次了。因为关系较好，每每在单位受气，总要给我诉苦一番。作为朋友，我能做的，仅仅是倾听。

她是长得不错的女孩。刚通过国家公务员考试的时候，朋友们都开玩笑说："你这样的长相，到了单位一定很受欢迎。"在大多数的印象里，很多老男人，对漂亮的小姑娘毫无抵抗力。因此有个男性朋友就开玩笑说："只要你露出事业线，不怕好运不出现。"

玩笑是这么开，但现实却不是。进了单位，她才逐渐感觉到公务员的苦。这种苦不是你在工地上下苦力的那种苦，而是工作中大大小小的憋屈。

比如有一次，局里要参加某处活动，领导让她通知几个人为代表，其中一个就是领导本人。她认认真真地通知了每一个人，还专门发了一条短信。可到了活动那天，单位上原定的4名代表谁也没去。领导很生气，后果很严重，把她叫去，先问她到底有没有通知。

她心想，你是代表之一，我亲自通知你了，怎么还这样问？面上说："通知了。"

领导问："那你为什么不提醒？"

"我发短信了。"

"什么时候发的？"

"昨天。"

"今天为什么不发？为什么不再去通知一次，做工作怎么如此不细心不负责，现在人家都忘记了，这就是你的问题。"

"我——"

"不要狡辩，做错了就是做错了，解释管什么用？"

她心里那个委屈啊，4个人，亲自通知加上短信提醒，通通都忘记了。为什么领导忘记不是错，而普通职工做了很多工作却是错？她想不清楚，一连烦了好些天。

还有一次是因为送材料，领导中的一个，声称没收到文件。她要解释，是因为有的文件是给办理部门分管领导看的，其他的都没送。可刚开口，就被领导顶了回来，连解释的机会都没有。

这一次呢，也是因为工作中的事情，被领导不问缘由地骂了一顿，原本不是自己的错误，但还得小心翼翼受着。完了想起工作前好友们对自己说出那么多羡慕的话，潸然泪下。知道每个人生活中的难处，只有自己知道，只有自己默默无声地承受着，顿时陷入异常巨大的悲伤。就连给我打电话，都像还没哭完一样。

电话里，她说："每一次受气，我都告诉自己，是因为自己不够细心、不够负责。可是真的，我已经很努力了，为什么他们就没有想过听我说说呢？"

我建议她去看看近日热播的《奇葩说》，有一期说到遇到难侍候领导要不要告诉他。我并不是想告诉她，领导都难侍候，只是说，不论任何领导，都有自己错的时候，当他批评你说你不对，其实本身未必是你不对，而是他错了。因此，不能任何事情都往自己身上揽。

拥有一个良好的心态，不是要你推卸责任，而是要你知道，不是所有错都是自己的，自己也不是那么一无是处。只有这样，才能更好地面对这人生中的起起落落、悲欢离合。

尘世庸碌，无论你我，或许都有那么一刻，自认一无是处。

但我要说，我们都是最好的那个自己。这不是要盲目自信而看不清自己的缺点，而是要在我们迷茫的时候，知道自己还能做什么，还能往什么方向走。

爱情失败的人，当然有自己的过错。一场都认真爱过的恋爱结束后，有两种人最可悲，一种是揽下所有错的人，一种是推卸所有错误的人。如果认真相爱了，结果不美好，未必是自己不好。一个巴掌拍不响，并不是单纯哪一方的错误。

工作和生活中不如意的人，也大可不必痛彻心扉地认为自己不好。我们要遇到那么多人、做那么多事，怎么可能跟谁都合拍？怎么可能做什么都不会出错？重点是，好多时候，我们是被别人认为错了，却未必是真的错了！

记得我对那个失恋的女孩说："不是你错了多少，而是你们的缘分尽了，你们曾那么相爱，想来都是用过心的，只是你们都无法适应对方，而来路漫长，定会有最终适合你的那一个出现。"

无论爱情、工作还是生活，都是如此。

选一个合适的方式遗忘

好久没有 Z 的消息，再联系上的时候，她情绪不太对，说来我所在的城市，想见一面。我们约在一家小咖啡店小聚。

在等待她到来的片刻，我想起一些有关她的旧事。

我们大学相识，在同一个团体里服务。她长得并不是美到惊艳，但笑起来好看而温暖，深得很多人的喜欢。

记得大学里她谈过两次恋爱，我都知晓。第一次是一位师兄，长得不咋样，但有些才华，会弹吉他，对美术也似乎有些研究，但这段感情在经历卿卿我我之后，于师兄毕业后分手。

"早知道会分手，但相爱的那一刻，还是控制不住自己，爱情之所以神秘让人神往，不就是它散发着的这些让人不论眼前是悬崖还是刀山火海也要义无反顾地迈出下一步吗？"那时候，她说，"我因此而怀念与他在一起的那些美好时光。"

第二段感情，是一个小师弟。用现在时兴的说法，是小鲜肉，长得俊俏好看，说话好听，语气温婉，背影清瘦，看起来正是需要年长几岁的姐姐照顾的小孩。她一发不可收，爱得高调而放肆，无论朋友聚会同学聚会都带上小鲜肉男友，甚至还有几次把他带到了课堂上。不得不说，她勇敢、豁达，爱得坦荡自由。

可是他们终究分手，那时候我们都大四，有一次团体活动，我们坐小面包车去山里玩，一路上她的情绪低落，车还没出市区的时候，我们停车在路边采购食物，她突然情绪失控，兀自蹲在路边，放声大哭，来来往往行人不断，可她并不在意。同行的女伴只好将她围住，是想给她一个相对隐秘的空间，允许她更放肆一些。据说他们分手的原因，是小鲜肉另有喜欢的人了，在短信里说："跟你在一起，连你对我的好，都成了一种压力。"

女伴们边安慰她边说小鲜肉的坏话，而她渐渐收敛哭声，慢慢稳定情绪，并不说多余的话。剩下的活动，她情绪虽有低落，但还是积极参与，并未表现过多的悲伤。但静下来一言不发的时候，我还是看出来她内心的悲痛。

我想我们持久而延续的友情，大抵来源于此，喧哗之中，我能一眼洞见她的悲伤。她克制，但往往越是克制，越是动人。她说："至今我都不知道，对一个人好，会是一种错误。""是不是我不懂爱？"她问我。"我不知道，"我说，"每个人都要在爱里不断成长。"那时候我想，师兄也好，师弟也好，都该是她的一所学校，让她成长。

"你是否会就此对爱情失去信心呢？"我问她。夜幕降临，我们乘汽车，穿过山间，渐渐看见远处的城市灯火无声息地亮起来，在车的晃动中，像极了一场幻觉。这一幕幕多么容易放大一个人的悲伤，让人有恍若隔世之感。她盯着窗外，没看我："说我不知道。"

那之后我们偶尔在校园里撞见。毕业之际，我们都没能好好喝上一杯。这友情淡薄却又稳定，我们在属于自己的人生里，默默地关注着对方。

而如今，她会怎样呢？

她打来电话，说找不到路。我问她身边可有鉴别方位或属地的标志，原来正好在我的楼下。我站在楼上，给她指路，看见她挽着一个男子，仰头看我。是新男友吧！我心里想。

"坐5个小时汽车来你的城市，喝杯咖啡你都舍不得下楼接我一趟。"坐下来她就开玩笑，说我一点也不仗义。我反攻她："谁让你悄无声息地来，你若要是提早说一声，我定然冒冬日寒风去车站接你，必要时还可以组织一支腰鼓队为你热闹热闹。"

哈哈笑过后，她试图以正经神色向我介绍身边的人，却反倒露出一些滑稽来，"我男朋友，一月前才开始在一起，彼此感知到是合拍的人，此次是一次出来旅行。"那男子话不多，站起身来和我握手，浅浅微笑，说："早就听说你了。"

我们喝咖啡、闲聊，一整个下午都如此。好像这也都是习惯并乐见的事情，把以前的话题都重新聊上一遍。后来她男友说要去办点事，起身和我们告辞，两人在灯光幽暗的咖啡屋拥抱，对她说："你们聊着，我完事后联系你们。"

我们决定等她男友回来。只剩下我们俩后，很多话题就聊得比较容易了。她说起她最新这一段感情。

"毕业后回到家乡县城工作，听了父母的话，考了个稳定的事业单位。报到的那天，接待我的，就是现在恋爱的男子。他给我以无微不至的关照，像早就熟识。那时候就感觉他对我会有这些意思，"她说，"但你知道，我不可能那么随意就开始一段感情。"

"是因为之前那些爱情的无疾而终，而对爱情失去信心吗？"这个曾经问起的问题，再一次被我开口问出。

"那倒不是，只是觉得，感情这种事情，得看准了，好好来。"她换了一杯橙汁，对我说，"事实上，我更喜欢简单的东西，更多的时候，我只喝一杯柠檬汁。"

"你是否看准了他？是否觉得他简单，如同你所言的一杯柠檬汁？"柠檬对我而言极具爱情的属性，那入口的感觉，其实可以品出一段感情的始终。我如此笃定。

"那倒不敢胡言，没有谁能够看准谁，每个人都是独立的孤岛呀，怎么能够看准？但我愿意为此去赌一把，因为他对我的好，因为他给予我的温暖和安心。第二个问题，我倒是觉得他挺简单的，你知道，人成长到一定年岁，就不再喜欢那些复杂的事物，没有了大而空的那些梦想，就会开始脚踏实地。"

"过了爱做梦的年纪，轰轰烈烈不如平静。"是如这歌所唱的吧。到了一定年纪，会逐渐趋于平静，在平凡中感知新的美好与幸福。我们都是。

他对她的那些好，终究慢慢铺垫出她内心的欢喜。"我爱上他！"Z轻轻咬着吸管说，"你看我，是不是还是以前那样？"我确信，当她说出"我爱上他"这4个字的那一刻，与多年前的她一模一样，原来时间并未改变她在爱情中的姿态。

"可你是否想过你们之间的结果？你还能承受得住几次爱情的无疾而终？这是每一个爱情中的人，都应该思考的问题呀！"

"没有，为什么要去想？你看看我以前那些爱情，都是无疾而终，我也曾伤心难过，但终究还不都成了过去？如今我对往事充满感恩，是因为那些爱情让我成长，让我不断完善自己，我相信这些年经历的这些感情，是在不断地让我越变越好。这一次也是这样，我总不能因为失败过，就不开始新的爱情。因为回不去，我们才要不断地往前走；因为过去的感情已经烟消云散，所以我们更应该勇敢地迈开下一步。谁也不知道下一步是幸福还是苦难，但如果我们不出发，连幸福的可能都没有。那就算是苦难吧，苦难是什么？苦难是我们人生的良药，是让人更加强大的催化剂！"

她说得好有道理，我无言以对。喝掉杯中残留的液体，问她："你确信，完全忘记以前的那些恋人？"

"没有，我没那么薄情。可是遗忘的方式很多呀，不是真的要一丁点都不留地消灭掉，没有人能够做到那样，除了死亡。但过去的终究过去了，固守记忆只会让自己越来越痛苦，什么需要选择一个合适的方式遗忘，遗忘痛苦才能获得更多的快乐，遗忘苦难才能得到一个迎接幸福的好状态……"

晚上我做东请客，看着Z跟她的现任男友坐在对面，神色相似，有着大家所言的"夫妻相"。笑起来的时候，Z的眼睛里，有些一如既往的放肆和坦荡，又多了一层幸福。我突然就赞同了她的观点，不论过去都发生什么，都该选择一个合适的方式遗忘。

你或许爱过一个人，为了他不顾一切，放弃自我，弯下自己的腰。如同张爱玲在赠给胡兰成的照片背面写的那样："见了他，她变得很低很低，低到尘埃里。但她心里是欢喜的，从尘埃里开出花来。"每个人的青春里，或许都会有这么一次，为了某个人而忘记了自己。但感情本身就是时浓时淡的事物，它会来，如同火山喷发，如同海啸肆虐，如同青草不顾一切从温润的泥土中长出来；可它也可能会走，像断线的风筝飞离主人，像破茧之蝴蝶离开自己的蛹。一段感情走到什么结果，都是再正常不过的事情。

而我们，芸芸众生，在爱情面前，其实多是无能为力。面对无疾而终的爱情，我们能怎么样？固守往日，靠往事安慰自己，靠自我欺骗生活在昨日？显然不是，一个聪明的人，选择的路一定是遗忘。以一个适合的方式，遗忘曾经痛苦的岁月。

那就选择一个适合的方式遗忘吧！对失败的爱情，如此；对失败的人生，亦如此。

给他自由，即是放生自己

失恋后，小火一直处于一蹶不振的状态，完全没有我们给予她的这个绰号那样充满希望。这状态已持续半年。

小火并不叫"小火"，是因为她名字中有一个字是火字旁，加上她向来乐观积极，做什么事情都充满希望与激情，会为自己喜欢的事情付诸巨大的心力。

比如爱情。

比如失恋。

他们相识于一场学校的社团活动。

那时候小火刚进大学没两个月，报名参加了学校的美术社。小火从小对美术痴迷，但却没有正规地学过，老老实实地参加了高考。年少之时，毕竟不是叛逆的孩子，做不来与父母作对的事，因此没有义无反顾地学习美术参加艺考。但在爱情上，她绝对是义无反顾的。

那时候天刚暗下来，活动现场就停电了。她记得那是个美术作品品鉴会，上面都是些美术社的会员，作为初来乍到的大一新生，小火拿着自己的涂鸦，傻傻地坐在角落里，来的路上信心百倍地想，一定要让大家看看自己的作品，到了现场却像漏气了的皮球说不出话来。

后来点起了蜡烛，他开始在会上发言。那天，他是活动主持人。事实上，整个活动中小火都没记住他说了些什么话。活动结束的时候，小火问身边的人，自己也喜欢画画，该给谁看自己的作品？身边人往前一指，说他是我们社最厉害的。小火这才认真地看他一眼，并不是吸引人的那种，高高的，这大约是他外观上唯一的可取之处。

趁着散场，加上光线正暗，小火蹿上去把自己的画拿给他，"请你看看。"随后一转身，消失了。小火如此紧张，并不是如言情小说里面初见某人一见钟情，心中有万千只小鹿奔腾而过，仅仅是因为从小不善于与人交际，何况是第一次请人看自己的画。回去的路上小火想，也许这幅画递出去，就不会再有回复了，毕竟只是自己的涂鸦，对方又不认识自己，客气话都没说上二三句，唐突地请人帮忙，一般没多少人会理会。

当天晚上在美术社的QQ群里，有一个人冒出来，问："请问今晚活动散场的时候，给我一幅画的那个女孩是谁？怎么联系方式都没留一个就跑了？"

小火一阵惊喜，心想，还真是个细心又负责的人。没想到对方会寻找自己，小火激动地加了他的QQ。

"您好，学长，我是那个给你画的学妹，因为有事情，所以没来得及跟你说话就走了，抱歉啊！"加上QQ，小火第一时间就发了句话过去。

"哦，好的，我看了，有不少问题，但是可取之处也不少……"

他们就这样聊开了，并约好了第二天中午在图书馆见面，当面给小火说说。

第二天一下课，小火就屁颠儿屁颠儿地跑去了图书馆，在门口给他打电话说："往里面走，六楼左边靠窗的位置，我等你。"

小火已经认不得他，只好用电话确认一下，看着一个高高的男生拿出电话，小火心里想，就是他了。

在窗前，光线明朗，小火发现他脸上甚至还有不少青春痘留下的疤痕，那张脸仔细一看就不耐看了。

他倒是认真，耐心地跟小火聊天，开始聊的是小火的那幅涂鸦之作，后来就聊到了中外美术，最后又聊到了美术社的发展。他是美术社的社长，对美术社有着特殊的感情，自身就是美术专业的，学习美术七八年了，成绩不小，算是年轻人中比较突出的。

看着他认认真真谈话，小火竟然有些痴迷。这样严肃认真的男子，是让她喜欢的。另一方面，我们不得不说说小火对爱情的幻想，一直以来，小火都希望能找到这样一个男子，他高而帅，性格温和，待人随和，会画画。是的，会画画是她对对方的重点要求。因此，她加入美术社，一方面，希望自己得到一些锻炼；另一方面，也有些希望能在这个组织里遇上那么一个自己喜欢的人。

后来小火离开，下午还有课。他继续留下，那一天他都没课，有足够多的时间待在图书馆学习。分开的时候，他送小火出图书馆，站在秋日的微风中，对她说："你身子很单薄，看起来让人担心，还是要多吃点东西，别整日只想着减肥。"

那一句，让小火心生温暖，突然就忽略掉他不俊俏的脸，也忽略掉他不俊俏的脸上散落的青春痘痕迹。是的，那一刻，小火心里暖暖地想，也许，他就是我要找的那个人。

那之后的日子，他们隔一两天就会见上一面。

小火很勤奋地涂涂画画，虽然知道自己画得不好，但还是不断地送给他看。"学长，请你看看。"

他总是微笑着说："嗯，挺努力的啊！"

每一次，他都有那么一两句温暖的话，让她感动。

不得不说，小火心动了，开始想念他。而他，总是能够在小火画好的时候说："给我看看吧。"

小火会带上一些吃的，比如一个苹果、几颗糖，见面的时候递给他，"来，请你吃。"再说些客气的感谢话。而他则会恶心地补上一句："真可爱，真乖！"

冬天初现端倪的时候，他给小火打电话说："昨天你的画看了，你出来，我们聊聊。"

在一家小小的奶茶店的角落里，小火连瓜子都不敢吃，认认真真地听着他说话，渐渐进入一种半痴呆状态，或者说灵魂出窍。反应过来的时候，他的嘴巴已经覆盖了她的。

那是小火难忘的一瞬间。漫长的青春期里，身边的姑娘们大都早恋了，也不缺乏人追求自己，可是小火一直固执而笃定地想着，一定要找到那个会画画的男生再谈恋爱。而这个会画画的男生，现在就在眼前了，他紧紧地抱住自己，舌头正试图撬开自己的嘴巴。

那之后小火挣脱他，逃出了奶茶店，又惊又喜。

他来短信，说："对不起，我只是控制不住自己，我喜欢上你了，对不起对不起。"

小火不回复，他就不断发。

小火心里偷着乐，你个傻瓜。眼看差不多了，小火回一句："不怪你，是我太紧张，人家的初吻，就这么被你夺走了，你要对我负责。"

这就算是答应了。

他激动地问小火在哪里，飞快地跑来找她。这一次，小火没有抵制他的亲吻，而是热烈地予以回应。

就这样，他们在一起了。一个是快要毕业的大四学生，一个是刚进大学的青涩小学妹。没有想过任何现实问题，轰轰烈烈地就在一起了。

小火第一次觉得有了属于自己的生命。在以往的年岁中，她都是听妈妈话的乖孩子，什么都是父母做主，自己去执行的。可这一次，她和他，完全是凭着自己的意愿在一起的。

小火在寝室宣布自己的爱情的时候，遭到了室友们的集体反对："你们没有结果的。""你确定他真的喜欢你而不是随便玩玩吗？""你现在这样，懂得什么是爱情吗？"……七嘴八舌，诘难挖苦，像极了小学班主任。

小火倔强地说："我确定，我喜欢他，他喜欢我，我们一定会有结果的。"

小火张扬地和他在一起，甚至把这事情告诉了妈妈。即便遭到了妈妈的极力反对，小火还是义无反顾。她对他说："你一定要对我好，我为你付出了那么多，你不要辜负我！"

他认真地对小火说："我爱你，一定会好好对你的，你也要好好和我在一起。"

温柔的时候，每一对恋人，都恨不得把这世间的情话都说个遍但小火，把所有的情话，都当成承诺。

即便到了他们吵架吵到不可开交的时候，小火还是会告诉那些劝她的人说："他说过的，会好好对我，我们一定会有结果的。"这多么像自己对自己实施的一场巨大的骗局。

在后来的故事中，他们开始不断吵架，三天两头吵架。一个是即将毕业肩上顶着就业压力的人，一个是刚进大学还没考虑过未来和现实的小女生，相处中逐渐就暴露出彼此冲突的点来，有时候一句话不对劲就吵开了。但每次吵架后，他们又彼此思念，在很短时间里相互道歉，然后和好。

但他们终于还是分手了。那时候他们在一起一年多，他已经工作一段时间，她对大学也有了了解，对未来也有了自己的思考。但她对爱情，还是那么固执。吵架吵到彼此都受不了，他开口："分了吧！"

曾有很多次，是小火说这句话："我们分手吧！"而他负责在道歉后说："亲爱的，我们和好吧！"

这一次，反了，却也定了。他离去，两人的爱情就此结束。

或许可以说，对他而言是结束了，但对于小火而言还没有结束。小火心存幻想，他有一天会回来的。因为，在之前那么多次的分手中，说过了那么多狠话，做了那么多次义正词严的决定，最终还不是因为思念对方而和好？小火以为是这样的。

整整半年多时间，小火都沉溺在这场失恋的悲伤之中。

QQ空间写满了悲伤的心情，微博上不断书写和他之间的故事。隔三岔五，就打个电话发个短信，即便他拉黑了自己，甚至打不通，可她还是坚持着。偶尔他会不耐烦地回上一句，告诉小火，不要这样，分开就是分开了，以后过各自的人生，都要重新开始努力走下去。

他不回还好，他一回复，小火就会觉得，这事情还有转机。于是，小火就又会把自己的悲伤重新过一遍。温故而知新，这一晃，半年过去了。

也有不少好友劝小火，爱情早就结束了，到了这时候，已经不是问还爱不爱、爱没爱过的时候，最应该做的，就是打起精神来，该学习学习，该约会约会，你长得可爱漂亮聪明，少不了人喜欢。

可小火还是走不出来。每次有聚会，大伙儿见到都心疼，但又没办法。

后来毕业，隔了几个月回学校见到小火，她状态改变很大，看来已经从失恋中走了出来。

"就是突然想清楚了，既然结束了，就结束吧。"小火说，"给他自由，即是放生我自己。"

给他自由，即是放生自己。时间终于给了小火一个哲理。

我想，小火是对的。

我们人生这么漫长，也一定会深爱某人，并念念不忘。我们把一切情到浓时的情话，都误作承诺，并一个接一个地打上死结，闩在我们的心门之上，等到失去爱情的那一天，反复不甘心地问对方也问自己，明明说过很爱我，明明说过好好在一起，为什么都做不到……

我们因此而怀恨一个人，或者因此而不断纠缠一个人。不少人说过最狠的话，要让对方一辈子不得安宁。可终究，最不得安宁的未必是对方，而是自己。因为，当你想要对方难过后悔的时候，痛苦不堪的那一个人是自己；当你想要造一座城困住对方的时候，困住的却是走不出来的那一个自己。

与其相互捆绑，不如还对方自由。对于已经注定失败的感情，给对方自由，其实也就是给自己自由，是给自己一条走向明天的路。

爱呀爱呀，这逆光的青春

　　每一段时光，都有一些歌，来封锁那年月的愁绪。当我们还在唱"等待着下课，等待着放学，等待游戏的童年"的时候，罗大佑老了，童年不再了；当《那些年》的旋律响起，"那些年错过的大雨，那些年错过的爱情，好想拥抱你拥抱错过的勇气……"这些柔软的词汇亲吻我们年轻的耳膜，我们成长了，青春已经所剩无几。

　　时常想，我们会以一种什么样的方式老去呢？

　　这是多么严肃且让人忧伤的问题呀！只是这样的问题未及等来答案，青春就只剩下滑溜溜的尾巴了。不觉间，年华悄然逝去，那些与青春有关的事物，早已离得很近却与我们无关。

　　比如纸风筝。当我们坐在急速行驶的电车上，看见城市折射的破碎阳光的时候，纸风筝早就在阴暗的抽屉里沉睡了多年。纸风筝属于有阳光的下午。在周末，纸风筝会陪同我们度过快乐的时光。那时候，阳光直射在我们年少的脸上，笑声回响在年少的耳际。你有没有过这样的纸风筝？它用陈旧的课本纸张制作，上面留着制造时留下的手指印，经历时间的洗礼，它经历多次损毁但都被修补好，在折角处积落细微的尘埃……它沉默，它不言不语，它不再属于天空，它仅属于我们自己，属于年少的记忆。

比如丁香女孩。有那么多青春年少的女孩子，她们体形瘦削，面容清秀，眉目低垂，眼神忧郁……她们来自于戴望舒的《雨巷》中，有着"丁香一样的颜色，丁香一样的芬芳，丁香一样的忧愁"。她们美丽，她们忧愁，她们并不理会男孩子们的口哨和尖叫，在阳光西斜的下午走过窗外，那么美，不容许我们去触碰，在眼神的深潭里唯美和忧伤。然后有一天，你恍然发现，她们已经不复存在。而于记忆中，她们就是唯美的丁香，安静地开放在成长的路畔，未曾凋谢。

比如小虎队。那时候在舞台上蹦蹦跳跳的小虎们，其实已经在时光里面老去。然而流年里阳光一般温暖的歌声，曾陪伴我们度过年少的岁月。"看那红色蜻蜓飞在蓝色天空/游戏在风中不断追逐它的梦/天空是永恒的家/大地就是它的王国……"一个个无法入睡的夜晚，是他们雀跃的音符，点缀出梦境里美丽的星空。

比如情书。你有没有偷偷地喜欢过一个人？有没有为暗恋的对方写下满纸的情话？其实那是多么美好的年月，喜欢一个人并不告知，只是在放学路上跟在后面，只为多看一眼；或者在自习课时侧过身子，偷看对方的侧脸；或者呀，在午休时分将准备好的牛奶偷偷地放在对方的书包中；当然也会像电影里面那样，将喜欢的女孩作弄……而这一切，都将在时过境迁的某一天，无意间翻开抽屉底部泛黄的情书时，带给我们无尽的温暖和幸福。

比如……翻开时光的画簿，太多的"比如"等待我们去追忆。在下午3点的时光，温软的音乐声里，那些逆光的青春记忆，再一次泛上心头。

唯美的青春都是逆光的。我们并不能看清那时候的自己，因为耀眼的属于青春的光芒让人沉迷。你记得夏日下午闷热的教室里，从后桌传过来的纸条吗？你记得黄昏时分一群人的自行车哗啦啦地路过爬满爬山虎的老墙吗？你记得清晨走进教室，发现喜欢自己的人放在桌厢里面温热的豆浆时的那种羞涩和惊喜吗？你又记得下午和死党一起躺在足球场的草坪上看天空说笑的时光吗？我知道，你记得。这些画面会被时光自动剪辑，然后在逆光的青春记忆里，不由我们决定地自动蒙太奇播放。

《那些年，我们一起追的女孩》里面，有一个一群人坐在海边堤岸上面的场景，这样的场景最适合谈论未来、梦想，最适宜赋予一切温暖的词汇。因为我们有属于青春的温暖阳光的透射，它是美的，且让人动容。我想，每一个热爱生活、享受记忆的人，都喜欢这样唯美的画面吧。在夏日夕阳西下时，年少的孩子们坐在高处，阳光温暖地落在他们的身上，身躯柔弱消瘦，但脊梁坚硬、棱角分明；听不清他们在谈论什么，但是他们眼神里有对未来的向往，有对梦想的期望；他们的眉目之间有隐约的忧愁，话语天真，但是眼神坚毅。

多年后，在电影里，我们一次又一次地温习那些美好的青春期，于是一切伤害和苦痛都不重要了。因为，逆光的青春让我们懂得，成长终究是一种财富，无关伤害，那些走过的人、发生的事情，都值得我们记得和怀念。

你说，我们会以一种什么样的方式老去呢？青春所剩无几，何必拿来思考这样的问题？

亲爱的，那就抓住青春的尾巴吧！好好爱，爱这逆光的青春……

青春没有不老的面孔

一个人坐火车，去很远的地方。在列车上听喜欢的歌，看倒退而去的风景，想念一些人，偶尔掏出笔记写诗或者记录心事，旁观更多远行者的神情和内心，捕捉着狭小的空间无限的可能性……

独自旅行的时候，突然想起这样的场景，是年少时候的梦想。心里莫名恐慌，因为转眼多年过去，天真幻想梦想生活的小孩，已然长成了独自携带生命远行，在不同的城市里孤独行走，收集别人的开心和悲伤的男子。如若回到当初，定然欢喜得不行，因为终于可以过上自己梦想的生活。可是，青春没有不老的面孔，我们兴许还能在脸际发现些许时光未及摧去的童颜，却无法否认内心发生的质的变化：彼时的梦想已一一实现，彼时的心情遁去无踪。

我因此想，适当的梦想，是否应该在合适的时机去实现，才能得到自己想要的收获？比如，饥饿的时候，吃一个土豆都是美味，在富裕的年代，却没有那样的美味。成长亦如此。

　　有这样的朋友，16岁的年纪，疯狂爱上一个学长。后来学长高中毕业北上求学，她不顾一切，于高三的寒假坐了30多个小时的火车，站在他面前，大声告诉他："我喜欢你，就不怕旅途艰辛，要当面告诉你。"在寒冷的北方，他给她最深情的拥抱，她因此而幸福落泪。虽然他们最终没有在一起，各自有自己的生活和爱情，但是那一路旅程和他的拥抱成为她成长里温暖的记忆。她告诉我，能供我们疯狂的年月少之又少，不如就疯狂一次，算对一场暗恋的报答吧！

　　一个读者对我说她的往事：年少的某一天，突然想要放纵一次，挣开课本和作业的枷锁，于黑夜中翻过栅栏，独自在大街上行走，看生活了10多年的城池在夜色中沉睡的模样，躺在公园长椅上看星星、大声唱歌，清晨时分疯狂奔跑，迎着旭日给暗恋的隔壁班男生发短信，说出内心的喜欢。她说："我不害怕夜深的城市，我只害怕瞬间苍老，来不及体味这放纵的滋味。"

　　青春没有不老的面孔。想要谈一场恋爱，就破除心底的枷锁，告喜欢的那个人内心的爱，用青春做筹码，以年月做匙，饮一饮爱情的酒；若是想要独自远行，就趁着夏天未尽，独自带上梦想与青春，去看看这个世界，和路上的人们对话，彼此交换温暖与祝福，和这个世界来一次温和的交流；若是想要有一次放纵，那就在适当的时候，抛开课本和作业，在KTV的包厢，放弃固有的姿态，发泄内心的狂野……

在刚刚好的年岁，做刚刚合适的事情，本身就是一种美好。

青春没有不老的面孔。那就出发吧，为了心中的梦想，趁着青春的容颜未改，趁着年少的火未及熄灭，趁着我们还能敏感地感知这个社会。

把人生每一步都当作高考

　　大清早突然下起了雨，真是奇怪了，昨日还艳阳高照，天气预报也说今天有二十几度，怎么就突然下起了雨呢？我在对天气预报不靠谱的吐槽中慢步去往单位，于朋友圈刷到友人的动态："明天又要高考了，现在就开始下雨，是高考雨开始了吗？"配图，是一幅城市朦朦胧胧的面容。

　　我心中一怔，是呀，又是一年高考时。高考雨，好遥远的词汇了，想一想，记忆中每一年高考前后，都会有雨。无论大小，总要下一场的，要么淅淅沥沥雨雾弥漫，要么闪电雷鸣如同瓢泼。雨，是为步入高考的学子们消暑吗？还是配合高考这样的人生大事而营造紧张氛围？无从得知，但那些潮湿的气息，跟高考一样，烙印进我们的心里。每每高考，大家就说，又要下雨了。

　　突然想起10年前我的高考来。往事大多已无从详细记起，只有辗转反侧的夜晚、打雨伞走过水珠滴答的屋檐去往考场的清晨、开考第一场略微紧张的上午、做题做到恍惚觉得自己身在教室而非考场的下午、狂欢的毕业晚会、有话难言的分别时刻、煎熬着等待成绩的漫长时光……往事如同默声片，它们无法构建宏大的人生叙事，却点点滴滴敲进内心深处。

10年时光已经逐渐销蚀了我的记忆，对于阔别10年的那场高考，能记得的基本只有那些零碎的片段了。但有两件事，忆起来，让人心生感触。

作为一名农村到县城读书的孩子，我和城市孩子不同，幼时离家，等到高考时，已在外租房生活6年，家人对我的学业的关注，仅限于他们问我回答，不得要领，不知底细。高考这件事，我以为，无非是我只身一人的战事，独自出征，独自返程，结果高考前几天，二哥突然来电话，说要到县城陪我。我虽然心里觉得没必要，甚至觉得家人来陪会让同学朋友觉得我矫情，但又不忍拒绝。等到他来的时候，又多了姐夫和表哥，那几日他们在县城照顾我的起居，白日里在我的租房里打牌、做美食，夜晚3个人挤在一间价格低廉的狭窄旅馆。等我考完后，又帮着我把几年高中生活的物什搬回老家。对于城里人，这样的事情太过平常，但对于独自求学、习惯独自面对世事的我来说，多年后想起来依然心生温暖，让我有一种"不是一个人在战斗"的幸福感——是关心和爱护我的家人，陪我一起高考，一起面临人生的第一次重大事件。

每年高考时，正是插秧的季节。那时候我们家还耕种水田，高考回到家，我也挽起裤管打着赤脚，和家人一起下田插秧。日复一日，把那些密密麻麻的秧苗移植到平整的水田里面，偶尔在劳累后看着田里整齐的稻秧想及未来。家人都商量好似的，不曾问我考试的情况，这也是我乐意的，因我不知道如何向关心我的人袒露那一场考试的感受和自身的预知。有一天中午，我们从田间回来，一家人围桌午餐，不知道怎么突然谈到了我的未来，对于万一落榜后的打算，父亲和二哥产生了争执，其实他们的意见都是让我复读，只是说法不同。父亲文化水平极低，词不达意，二哥性子急，易动气，没几句话就吵了起来，母亲也慢慢加入其间。我夹在中间，一时不知道如何是好……后来是怎么平息的已经忘记了，因为一家人再怎么争吵，依然要一起下地干活，继续在无尽的日常里面维持一贯的生活状态。但他们争执起来的神色，我还能想起来，那是关乎我未来的争执，说的是气话，隐藏的是关心。

如今高考已经成为我人生中遥远的事情了。10年光阴一晃而逝，那么短暂，却又漫长，漫长到我对高考不再有感触和知觉，也漫长到母亲老去，哥哥们成为丈夫、父亲，而父亲也撒手离我们而成为山水的主人。关心我的人陪我一起成长和老去，但都不曾远离，这是我想起那一年的高考，从心底感知到的事实。后来的人生，我读大学、工作、恋爱、结婚，有过欢喜忧伤，有过辉煌失望。每走一步，都像那一年的高考一样，有那么多关心我的人陪伴我、支持我，给我前行的力量。

雨下了好一阵子，时大时小，短暂放晴时，天空一如既往地蓝，空气因降雨而清新。整个朋友圈都在晒高考：有人晒对高考的怀念，有人晒填志愿的段子，有人晒对高考学子的祝福，也有人晒正在为监考做学习培训……我心有所动，那场决定人生的高考业已过去，但人生路上，"高考"不是随处可见吗？

忙碌的间隙，我收拾记忆，告诉自己，要把未来人生的每一步，都当作一场高考，用心对待，不留遗憾，对关心和爱护自己的人心怀感恩。这么想时，我心里竟然有一些紧张，好像回到10年前，走在去看考场的路上……

第三辑

但愿你的眼睛，只看得到笑容

但愿你的眼睛，只看得到笑容

1

我对王菲的《人间》有种偏执的爱。

大学毕业那会儿，给班级做毕业视频，最后落下尾声，黑屏中不断现出来的话是："但愿你的眼睛，只看得到笑容；但愿你流下每一滴泪，都会让人感动；但愿你以后的每一个梦，不会一场空……"

很巧，我敲下这些东西的时候，7月正好刚刚开始。我怀旧地从电脑里找出那个叫《青春万岁》的视频，再看了一遍，最后《人间》的歌词出现在屏幕上的时候，内心突然被触动，好像这些年遇见的人，昨日才刚刚离开。

往日的温暖都还在，但物事早就变了模样。

这些年，我也遇到很多很多人，他们去了哪里呢？我不知道，但我深深记得，他们来过我的生命里，曾陪我走过一段最温暖的路。

2

有相当长的一阵子，每天深夜，都会有一个人从线上冒出来，对我说："若非，要早休息，晚安！"

起初我每次都回复，因为在这庸碌一生，能有人提醒时间已晚，算是幸运。但他从来不再说话，因之长久形成一种习惯，他夜深的消息都无须回复，但是我心存感激。

也不知道是什么时候，再没有收到他每日的"晚安"。

这个人就这么从我线上消失了，像从来没有出现过一样，悄无声息地来去。我想这一定是不求回报的人，在那些漫长的夜晚，用他的晚安，陪我度过一段孤独的路程。

有一个女孩，在我们都还青春年少的年岁里，循着杂志社的地址给我写信。

往后漫长的多年，我们一次次失去彼此的消息，却又阴差阳错地找回对方。我们走过不同的地方，终究还是记得对方。

时至今日，我想起多年前在老家小县城，收到那封来自外省的信件时内心的欣喜。

如今我们成为彼此的老友，虽然未曾谋面，但彼此相熟，知晓对方内心的坚持。

上一本书出版的时候，微博私信里传来很多祝福的话语。

很多名字都似曾相识。有多年前活动中遇见没说上话的朋友，有曾一起在深夜里讨论未来、梦想、文学的陌生人，有在写作路上遇到患难时苦心相劝的网友……

那么多的人，隐隐地在我的生命里，一直关照着我。

3

依旧是前文说到从贵阳去六盘水的那个冬天。我在贵阳失恋后，心情非常差，黄昏时分坐公交车回花溪，路过十里河滩，就独自下了车，一个人慢慢沿着河往前走。

那时候花溪十里河滩还不像现在，彼时环境很乱，正在大建中，很多设施都没建起来，因此一路都很少见到人。

在可休息的地方，我坐下来，看着流水发呆。都说人恋爱的时候智商为零，其实大多时候，失恋的人智商都是负数。找了很多理由劝不了自己，想了很多可能就是想不清楚。流水一晃一晃，夜色就降了下来。

有一位母亲牵着七八岁模样的小孩，由远及近，又踟蹰不前，最后来到我的身边。那位母亲问我："小兄弟，有什么想不开的？"

我笑笑："说，没事，坐坐。"

她们在不远处逗留，小声说着话。我走的时候，她们也起身离去。

她们走的时候，对我露出放心的微笑。原来萍水相逢的陌生人，看到彼时我眉目悲戚在河边独坐，竟然也多了一分担忧。

那一刻我开始觉得，这世界是不缺温暖的，是我们把自己想得太寒冷。

后来我习惯在心情不好时寻找热闹之所。

虽然我并未习得快速融入他人世界的能力，但当我走在人群中，形形色色的脸，离我遥远又亲近，我们不曾相识，但有人，就有安全和生活的气息；当我坐在广场上，被夜风吹乱头发，看着不断走过的行人，看着坐在远处发呆的女孩，看着广场溜旱冰的人们……我都会觉得，这些并不相识的人，都在将我陪伴。

4

还有更多的人，像密密麻麻的词汇，铺满了我生命的诗篇。

他们并未留下一句豪壮的语言，但一定有那么一刻，露出最温暖的笑脸；一定有那么一刻，用简单的温暖的心，将我陪伴。

这人生长路漫漫，那些不断出现又不断消失的人，都值得用心送上一段祝福：

但愿你的眼睛，只看得到笑容；但愿你流下每一滴泪，都会让人感动；但愿你以后每一个梦，不会一场空……

那些曾陪伴我的人，终于成了人生中最美的风景。

把最美好的自己留在路上

子曰："智者乐水，仁者乐山。"古人向来喜寄情山水，在对山水的欣赏与体悟中获得人生的乐趣，或见悟人生哲理，或写就传诵千古的诗篇。旅游，既是文人雅士开阔眼界、激发灵感的主要渠道，又是普通大众消度闲暇的不二选择。

作为一种传统而历久弥新的休闲方式，旅游随着社会经济和文化的进步得以蓬勃发展，成为大部分人的业余首选。越来越多的人走出家门，远离熟悉的生活，到他人的城市，看陌生的风景，结识新的人。但远行的目的，仅仅是看一看他人的生活吗？我想，不是这样的，我们付出金钱、时间和精力，不仅仅是为了欣赏美景、领略人情，更重要的在于，通过不断的行与走、见与闻、感与思，对自身的心灵进行洗礼。所以有人说"身体和心灵总有一个在路上""如果你失恋了，就去旅行吧"，是有道理的。因为，用心的旅行往往会让人成长。

很多年前，我还是一名穷学生时，有一个寒冷的冬夜，买站票从贵阳去往水城。那是我第一次乘坐火车，在拥挤的火车上，长久地站立让我极为困顿，昏昏欲睡。正当我感到体力不支时，旁边坐着的中年男子起身用贵州话对我说："小伙子，你坐会儿吧！"我心生怀疑，不敢去坐。拥挤列车上，什么人都有，一个陌生男人，凭什么给我这样一个身强体壮的年轻人腾座位呀？他倒是热情，双手在我的肩膀一压，说："我去上个厕所，你就坐吧，别客气，等下我累了你再让给我。"看着他的背影，我心里有一种说不清楚的感觉，但困倦让我还是心怀不安地坐在了尚有他体温的座位上。他许久才回来，在离我不远处站立，并未与我说话，为了避免有多的麻烦，我起身给他让座，他说："没事，你坐吧，我不累。"在水城下车时，他竟同我一道出站，一直慢慢地走在离我不远处，出站后他跟上来，问我去往哪里，叮嘱我需要帮忙的话说一声。我又心生警惕，说朋友在外接站了。在陌生的地方，轻信一个陌生人，危险太大。他笑了笑，说："那你出站最好走远点找住处，车站附近的旅馆，价格既贵条件又不好。"他似乎看出了我的顾虑，匆匆消失在人流中。直到在旅店安顿下来，我才有些后悔：我们只是萍水相逢之人，我一不像身有巨资之人，二不像可以随意糊弄之辈，他能对我有什么企图呢？也许他真的只是热心帮忙，我倒以小人之心度君子之腹，误解了他的一片好意。就是因为我的警惕、小心甚至是内心的恐惧，我竟未曾给他一个用心的微笑，未曾说出一句诚挚的感谢。

　　隔年的春天，我跟随省作协的一个采风团到黔南平塘县者密镇采风，在一个河边的小村子里遇见一个少数民族男孩。他十二三岁的样子，衣着朴素，因为宽大而显得不合身，看得出来是多年的旧衣服，已经洗得发白，但是很干净；脸部和裸露的小臂因为日晒而黝黑，但眼珠子骨碌碌打转，很是有神。看到我手里的单反相机，他露出好奇的眼光，伸手过来摸。我心里哆嗦了一下，手条件反射似的把相机收了回来，倒不是因为嫌弃他，只是觉得他年纪小，担心他碰坏了相机而无处说理。他见我犹豫，收回手，讪讪地走到了远处。看到他远远地看着我，我有些后悔自己的举动，心想也许这样可能会伤了他的自尊。午饭后，我们在河边的草地上散步，阳光正好，加之午饭喝了些当地的土酒，我有些犯困，索性在草地上躺下来，相机就放在旁边，带子套在我的手上。在春日的草地上，在和煦的春风中，我闭上眼，心里的惬意感油然而生。突然我感觉有人在动我的相机，急慌慌地睁开眼，又看到那双有神的眼睛。他正用手抚摩我的相机，小心翼翼地，从眼神里流露出一种好奇、求知的欲望。我坐起来打量他，他看我盯着他，犹豫着收回手，用本地话说："你这是什么？"我心里咯噔了一下，突然想起多年前在老家小镇，面对展销会上的书摊时的我，那时我面对从未见过的那么多书的眼神里，一定含着和眼前这个孩子眼神里一样的好奇吧。我突然感到我们之间的相似，并于内心深处获得一种与之相连的亲切，我说："这是相机。"我的回答似乎给了他勇气，他再一次伸手去拿相机，我犹豫再三说："我给你玩会儿吧。"我指给他看相机的各个部位，让他尝试着拍出一张照片，他看着自己拍下的山峰与河流，脸上有掩饰不住的欣喜与得意；我又给他拍了一张照片，让他仔细端详镜头下的自己，在他的眉宇间，我看见他眼睛里放出奇异的光芒，脸上露出纯真的笑。那种天然的纯真让我心里豁然洞开，原来一直以来，都是我们想太多，误解了他人的真情。

这些年我走过不少地方，黔地高原神奇的织金洞、秀美的荔波山水、雄壮的梵净山、发人深思的遵义会议会址、梵音萦绕的黔灵山，更远处，首都北京、摩登上海、醉美杭州、秀奇云南、特区深圳、楚汉名城长沙、九省通衢武汉、山水之都桂林、东方之珠香港……每一处自然风景都让我心旷神怡，每一处人文景观都让我深沉思索。走过茫茫旅途，遇见形形色色的人，发生各种各样的故事，但记忆最深刻的，依然是前文写到的两趟旅程：火车上萍水相逢的路人，民族村纯真自然的孩童，他们洗礼我的心灵，让我蜕变和成长，让我思索什么是礼貌，甚或什么是文明。在贵州的土地上，在平凡的旅途中，我看见了自身的狭隘和无知，也习得了最初的成长。旅行无非是相互到彼此的生活里寻求新的意义，对于任何一个人而言，最漫长最重要的旅行，是日复一日的生活，是漫长浩荡的人生。茫茫旅途中，我们要的，不是猎奇，不是探究，而是陶冶和成长。我的旅行教会我的事，相信每一个旅行者也都曾遇见、感知、懂得。我想说的只是旅途那么长，疲倦、迷茫伴随着我们，但能长久地持有一种让人赏心悦目的"礼"，才算可贵。

　　《礼运》曰："圣人以礼示之，天下国家可得而正也。"《论语》曰："不学礼，无以立。"礼是中华传统美德的重要范畴，亦是一个人安身立命的根本。中国作为礼仪之邦，礼是邦本之一。礼应该贯穿我们的生活，包括漫漫的旅游路。旅游路上的礼是双向的，游客要有礼，旅游产业从业者也要讲礼，礼礼相待，才是旅游大和谐。那么，旅行路上，我们如何讲礼呢？爱护公物、尊重习俗、维护卫生、保护环境、遵守秩序、礼让他人……这些都是旅游路上应该讲的礼。在我看来，漫漫旅途，礼的内涵，更应该有更为感性和细腻的一面：接纳、感恩、尊重、理解、懂得……这些发自内心的良好素养，是一个人一生漫长旅行最为受用的，这才是文明的内涵。比如漫漫旅途，在持有一定的警惕的前提下，接纳一个陌生人的善意，是对他人体面的维护；比如面对一个求知的人，敞开胸怀，多一些友善，少一些猜忌……

　　只有把最美好的自己留在路上，才是最美的旅行。人生如同旅行，每一刻都要留下最美的自己。

做一个莲一样的人

"赏莲，像你这样的文化人空有沉默，不读读名篇，就浪费了。"夏日将尽的贵阳花溪公园，友人面对开得恣意而低调的莲花说，"来，我起个头。"这是随性的阅读，在水畔闲坐的静谧时光里，她引领我，把一池莲花和周敦颐的《爱莲说》巧妙地读到了一起。

是熟悉得不能再熟悉的篇章，细细读来，自有一番新趣味，尤其当清风拂面，莲叶微微触破平静水面，一朵朵莲花就彼此呼应着，在风中舞蹈。那么美，却又那么圣洁，让人心生敬畏。

读到"予独爱莲之出淤泥而不染，濯清涟而不妖"，便看见浑浊尘世，一枚种子倔强地摒弃污浊，悄然萌芽；读到"中通外直，不蔓不枝，香远益清，亭亭净植"，一朵花便挺直腰板，傲然盛放；读到"莲，花之君子者也"，池中挺立的清洁之花，便徐徐漫步上来，与我会晤，跟我对话。跟着友人细读三遍，一池莲花和一篇《爱莲说》，便与人生遭际、邂逅与体悟读到了一起，看过听过走过想过的许多事便徐徐涌上心来。

初入职场的情景首先破开记忆的阀门。"我不想把话说得比唱的好听。我只想说，也许并不能为这个群体做出多么伟大的贡献，但我能保证的是，不为这个群体抹黑。我能做的无非是，尽心尽力，尽职尽责。"数年前的8月14日下午，在新录公务员座谈会上，我一时无话可说，如此简短仓促地结束自己的发言。而今想起来，若时光倒退，再予我一次机会，恐怕也只能如此重复。

一个人和他所处时代的关系，由其生活、工作等逐步构建，但处理这种关系的观点和方法，多半从成长经历得来，并靠自我的心性维持和养护。能坚守的，于尘世中就更多一分的美。我的一个文人朋友，幼时家穷，20世纪末中专毕业后便入职政府部门，官至镇长，他依然能拍着胸脯说，没拿人民一分一毫。"如果我觉得穷，就去创业了。"后来他下海，深入地底挖煤，一锤锤敲打出千万家业，却始终如一地保持着初心，如今他倾心公益，为山区儿童教育和农业发展献出自己最大的努力。他曾不止一次地说，诗人的良心是免费的政治。他说多年不变初心，靠的是坚守，是在慌乱世风中不动邪念。我不知道他是否细细读过《爱莲说》，但我看来，他是一株美丽的莲花。

恩师辞世前，我曾有一次得空推着他去看花。在城郊的公园里，莲花开得安静，无声无息地在微风中静默而自在地盛放。我们在湖边树下安坐，恩师拍打着轮椅说，这一刻，有莲，很清净。我看他眉目慈祥面色平稳，知他心满意足，内心自在开阔。恩师爱莲，老友和学生尽知，他是以莲为参照，自省自己的人生。他是久远年代里难得的一位大学生，30岁时身居县政府要职，却因个性太强，不能与污浊者苟合，被打压排挤之后，改行种桃李为人师。恩师辞世1年多，留给我两句话，其中一句是《华严经》里的"不忘初心，方得始终"，要我在尘世中坚守自我，不要忘记初心：善良、真诚、无邪、进取、宽容、博爱……

同样，现实中那么多人，也从另一面给我上过至关重要的一课：他们曾春风得意马蹄疾，却在尘世中未能把控自我，乱花迷眼，最终沦为阶下囚，把迟到的悔恨和多余的眼泪涂满余生的路途。他们让我学会以他人的故事观照自己、鞭策自己、警醒自己。如同面对一池静莲的那一刻，我内心平静，心中升腾一种肃穆和克制——乱风再吹，狂雨再下，你自该持有属于自己沉稳的底线！

"你，要做一枚莲一样的男子。"友人习诗，也写散文，在离开花溪公园的时候，把所有的美好期望都"语重心长"地寄予我。我轻言浅笑，却又自知往后一生，需得一路如初，不忘初心。如今我从懵懂少年，长成曾经都不喜欢的模样，在尘世奔忙，为生活劳累。但幸运的是，我记得我最初的样子，知道自己要去干什么、该干什么、能干什么；知道自己在所处的时代里，应该做一个什么样的人，才无愧于己；能明是非、知对错、懂黑白，独立清醒地站在这温润而广阔的土地上。

　　这一夜我再读《爱莲说》，怀念已远走他乡的友人，又心生欣慰和自豪。再读到"余独爱莲之出淤泥而不染，濯清涟而不妖"，突然想，若这一生，做一个莲一样的人，清醒地活着，不违本意，不忘初心，把每一件光明正大的事情都做好，就足够了。

生命若花艳丽

生活中的每一个细微之处，都藏着让人心动的美。

8月末的一个早晨，俯着身子在图书馆里的小花园拍照。尼康D50在手中"咔嚓咔嚓"响个不停，于是游鱼、飞鸟、小花就在眼前定格，有的美得成熟，有的美得轻快，都让人心动。忽然就捕捉到那么清静自然的一幕：一只绿色的虫子慢悠悠地爬过红色的花瓣。虫子是看起来很眼熟的那种，却叫不出名字；花也是熟悉却不知道名字的。我的心微微触动，飞快地按下快门。

那一瞬间，脑间闪过一句话：生命若花艳丽！这句话，放平时说显得过于煽情，但于此时此景，竟是再适合不过。

停止拍照，小虫子竟然还不离去。安静地伏在微风中微微颤动的花瓣上，一动不动地像是醉在迷人的花香里一样。我突然想，生命是美丽的，而生命与生命的交融则会给人特有的触动。

任何一个生命都有自己特有的魅力的吧！

就像这些在生活里遇见的细微的生命，它们绝对是最不起眼的，但是无时不在幻化着生命的光彩。我曾经很认真地观察过一只蚂蚁的行走，就像一个迷路的人一样，它在几块小石子之间来来回回走了好一会儿。是的，就是那么很笨拙地爬行，在一块石子面前花去大半的时间，它没有想过要绕过它，而是一个劲头想要翻越。聪明的人类大约是会嘲笑一只蚂蚁的犯傻，但是，我们怎么去否认一只蚂蚁的执着之美呢？

生命若花艳丽。而悲哀的是，尘世喧嚣里辗转流离的我们，却在麻木中无意间丧失了欣赏生命之美的机会。把权利错失，连机会都无形丢掉，真是一种大悲。

我以为人是幸运却又不幸的物种。我们创造出高雅的艺术，享受自己创造的成果，但却在日日麻木的奔忙里丢失自己最美的享受。我想，对生活周遭无时不闪烁光泽的生命之美的忽略，是对生命的大不敬，是对人作为万物之首的不负责。

你看，连一只小小的虫子都懂得不顾我的闪光灯和"咔嚓"的噪声，放肆恣意地享受一朵花盛放的芬芳，那我们，难道不应该更用心地体味这场盛大的和谐吗？而我们又怎么能否认，作为生命个体的一朵花娇艳地绽放也是一种享受？

生命若花艳丽，你我都是万物中的一朵。那就盛放吧，千万不要让麻木的皮肤和功利的污垢遮掩了你生命中美丽而迷人的光泽。

给18岁的你

给18岁的你，给还是个孩子的你，给对我哭泣对我欢笑的你，给担心我会对你失望的你……你会长大，你会明白很多道理。

3月9日，晚，天冷。天气预报说还将继续降温。你的电话突如其来，你哭泣，歇斯底里，像个委屈的孩子。你问我："告诉我怎么才能让情感长久？"很抱歉我不能给你答案。如果一个人苦苦坚守，而另一个却毫不在乎，那么长久不过是一种苛求。爱，是一个人的事；恋爱，却是两个人的事。不能长久不是你的错，请不要责难自己。

你说，你喜欢的人不能跟你在一起，喜欢你的人你尝试着接受他但却被他伤害。你问我该怎么办、怎么办……你问了那么多的"该怎么办"，我却给不出一个答案。既然伤害你就不是真的爱你，就不要再继续尝试接受，不要给伤害你的人第二次伤害你的机会。不能在一起就遗忘吧，忘不了就坦然地面对。记得我说过的吗？不是因为不爱，只是因为相遇太晚。要知道，错过那段光阴，大都只能成为路人。

安妮宝贝说，在我们生命中，注定会遇见某个人，或者肌肤相亲，或者天涯相隔。你该明白，有些人只能用来远观、用来想念，绝不适合做你的爱人。你会长大，是的，但不要强迫自己长大，自己是什么样子就是什么样子！

别人说你孩子气你就孩子气？别人说你任性你就任性？切不可让别人来主宰你。你是你自己，是自己的你，不是别人的你。你说怕爸爸妈妈失望，就不要在这么场小小的伤里迷茫。你说你无法遗忘，那么就清醒地记得让自己不再受同样的伤。你说你以为自己很坚强其实很脆弱，那么就不要强迫自己坚强。该流泪就流泪吧，擦干眼泪后请勇敢地面对伤害，永远心怀希望。

不要因为崇拜而去喜欢一个人，不要重复不成熟的爱情，不要说再也不相信爱情，不要说你一直在给别人伪装，不要说害怕别人感受你的悲伤……

你说你自己心都碎了，我说不过是你不成熟。这个世界上没有谁离开谁活不下去，只是还没有找到正确面对的方式。

你说每次心里难受能打的只有我的电话，跑来跑去那么久，能静下来聆听你的只有我一个人；你说对不起，打扰我了；你说会好好学习；你说让我相信你；你说你不会让我失望；你说你还是那个孩子，我的孩子；你说……这个夜晚是冷的，但是你知道我希望你温暖起来。

你要学会自己面对，不排除有一天我会无法帮助你，我们都有各自的生活，我不可能永远插足你的生活。你将会有新的倾听者，请相信他们，相信一切关心你的人。

你刚满18岁，你成年了。再过几年，你会发现今天的所为不值得。你会明白，风再大，我们都要好好的。

这个早上我看到隐约的阳光，天气将转晴。我想告诉你什么都会过去，只是时间长短问题。你明白吗？

给18岁的你，这是我给你的备忘录，记得你笑过哭过，记得那些夜晚透过电波给你的话语，记得不要强迫自己长大，记得不要看到了结束还说开始，记得善待自己……然后慢慢长大。

你看啊，9点45分，阳光朗照，18岁的你还有什么理由不开心呢？

暗恋这件小事

暗恋的美，有时候如同生活中静谧的某一刻。

比如午后时分，在阳台看书，阳光有些松垮垮地照在身上，风正缓缓地吹过夏日里阳台上的绿植，楼下街道传来隐隐约约的叫卖声，听不清楚，却极具生活气息；比如一个人去很远的地方，在铁轨边上，踩倒一小片绿草，正好天上有飞机飞，远处有行人走，你或许听着陈绮贞或者许巍的歌，或许什么都没做，就是漫无目的地走……

它美得不动声色，缓慢，慵懒，不言不语，像一幅画。这是一种暗恋。

记得初中的时候，偶然在图书馆遇到自己喜欢的女孩子，喜欢穿着素色的简略的裙子，身子斜靠着书架翻书。她每天中午都去图书馆，于是我也跟着跑去，却看不进去一本书。我在书架之间偷偷看她，她翻书产生的微风吹动头发，美得如同手里捧着的一句诗。整整一个学期，每天中午我都跑到图书馆去，就那么保持着一段观望的距离，不靠近，不远离，坐她坐过的椅子，翻她翻过的书，甚至学着她的模样，托着下巴皱着眉头看着窗外想事情。自始至终，不知道她的任何信息，直到她转学，从生命中消失。

成长中，记忆最深刻的那种美，是她斜靠在书架上漫不经心地翻书，我在远处假装看书眼睛却斜斜地偷偷看她。多年后，这场景清晰如昨。

暗恋如同独角戏，唱好唱坏都是自己的事。这又是一种暗恋。

曾有人对我讲起自己的故事，年少懵懂，喜欢上自己的数学老师，整整两年，为了看到他，每一堂数学课都不落下；为了让他关注自己，每天都熬夜学习自己一直都不喜欢的数学，终于从一个数学差生变成数学尖子生，从上大学无望的差生变成优秀毕业生。过了好几年，她毕业回到当初的学校，远远地看见他，身体发福，神色隐约有时间留下的沧桑，抱着年幼的女儿，身边走着眉目低垂的爱人。那一刻，她紧张的内心一下子松了下来，说不上什么感觉，像是失落，又像是解脱。她恭恭敬敬过去跟他打招呼："嘿，老师好！"说话的时候，眼里浮现的，是多年前的夏天，他刚从师范毕业，作为老师踏进教室的那一刻，光明朗照她的世界。恍若旧梦。

这世间有无数种暗恋，大部分都在饮鸩止渴。它满足青春里蠢蠢欲动的小心灵，同时也带给人忧伤和酸楚。你有酸涩困苦，你有沉沦悲欢，都不过是自导自演自己做观众的青春剧，是只有一个人知道的对自己具有宏大主题的史诗。而它，却又是大部分人成长中都要经历的一课。

暗恋是甜酸交织的糖，甜到忧伤，酸到成长。

暗恋是盛放在时光里的花朵

不知道怎么就说到暗恋。

你昂起头，眯眼睛，微微笑，吐出轻微的气息。夏日的阳光穿透层层叠叠的树叶，落下你一脸的斑驳。在我众多的读者中，你是特殊的一个。你言及自己青春年少的故事，问我："若非，你说我那时候是不是很傻啊？"

是7月的某个清晨，微风在我们身边兜转，那些喧闹的车流离我们很远。对于你的问题，我不知如何作答，只是安静地看你。你的故事依旧在叙述中，说到开心的地方，兀自停下来大笑——

"那些都是天真的年月。"你说。那时候在艺术高中上学，你学音乐。他学什么呢？整个叙述过程你都未曾提及。你只是说，突然就喜欢上这么一个男孩子，他高大、帅气……以至于深深地将你迷住了。于是让女伴去打听，要来电话，却不敢拨通。

那时候高二，眼看兵荒马乱的高三即将来临。那么多的夜晚，放下沉重的手风琴，你想要拨出那个电话，犹豫好久，终究是选择了放弃。终于鼓足勇气，给他发了一条信息："你好，想跟你做个朋友！"时间恍惚，你除了"做个朋友"，还敢说什么？你害怕那样的短信让他以为你很轻浮，发送成功后心扑通扑通地跳不停，以为就这样结束了。即使没有回复，也便心安了。然而他回了短信，你们顺理成章地认识。

就像所有恋爱中的孩子一样，你们想尽一切办法碰面。早晨走进教室，会看见他准备好的热腾腾的早餐；课间的时候故意绕路到他所在的班级，只为看他一眼；放学后一起回家，谈天说地；他打球的时候，你在场边安坐，把嗓子喊哑了，把手掌拍到麻木了；你练琴的时候，他躲在钢琴后面，只为听你弹奏美妙的曲子……却没有牵手，更不及拥抱。

看起来，这些都是爱情的模样！

你喜欢他，却从未说出口。而他，也不曾给过你承诺。爱或者不爱，谁都不曾提及。

只是日日相伴，彼此心事连连。从高二到高三，兵荒马乱之后迎来高考。高考之后，你前往贵州学习音乐，而他留在本地，有着自己的梦想。离别的时候突然敏感地说起两人的关系，尽是无语。他问："当时怎么想要认识？"你只是说："就是觉得你很优秀，想要做朋友。"

然后天各一方。留下的电话，从来没有拨打过，因为你知道彼此再无机会。渐渐地也就搁浅了记忆，电话丢失之后，也就真正地断了关系，连朋友的关系都没有了。

"你说我那时候是不是很傻啊？"你再次问我。你的目光里荡漾着夏日放肆的阳光，原来你也还是年少的模样。我说："不傻。"是因为我熟知一个发生在朋友身上的类似的故事——

不知道是怎么遇见她的，反正不知不觉就迷恋上了。那时候，为了见到她，每天早早起床，等在小区门口，看到她来的时候一路跟随，躲躲闪闪，像做贼一样。整整两年时间，从来没有说过一句话，连叫什么名字都不知道，只知道所居住的小区，以及上课的班级。那时候，每天都是快乐的，因为可以看见她，其他的都不再重要。

然后高三的时候，她突然不见了踪影。他始终都不知道那个女孩哪里去了。时隔多年，依然记得那时候从那个小区到学校要转过几个街道，记得那家卖早点的小店的服务员总是笑盈盈地将油条递给她，记得路过那口冒着热气的井时听到的流水声……经年之后，记得一切，说话的嗓音，前行的背影，却渐渐模糊了她的面容。

然而时光终将于悄无声息之间消隐掉关于青春路上的苦涩，遗留下来的是淡淡的幸福，因为那样单纯的爱恋，曾让我们的青春饱满和充实。

回到你的故事。你说，去年冬天的时候，在烟台的大街上，突然就遇见了。这时候彼此都有属于自己的生活。爱情，理想，都已经截然不同。他身边有眼神温软的女孩，微笑着和你打招呼，然后相互留下电话，分开。呵呵，你笑，虽然有着彼此的电话，却没有联系，不可以再打扰彼此的生活了。

但是，想起来还是开心快乐的，因为那种不可言传的细微触感。暗恋是盛放在时光里的花朵，它们终将远去，然而纵然凋谢为春泥，却永远开放在内心深处。

时光流转之间，在人生匆忙的路上，蓦然之间，那些美丽的花朵，无时不温暖着我们在尘世苍茫中奔忙到疲惫的心灵。

那么，爱过，就够了。你说呢？

第四辑

谢谢你在人海中

谢谢你在人海中

我时常会在发呆中，想起这短暂人生中所遇见的那些人。他们和我从未相识，茫茫路途萍水相逢，却给我最简单却珍贵的温暖。

他们陪伴我，走过那么长的路而不寒冷，见过那么多的人而不害怕!

2012年我去攀枝花参加活动，在昆明转车。

凌晨四五点的样子到昆明。虽然是夏日7月，但凌晨依旧凉凉的。我为了在车上上下铺位方便，只穿了拖鞋、马裤、短袖，背着一个大书包。转车的火车要9点多才出发，出了站没有去处，就一个人在火车站附近散步，累了就在路边席地而坐。

在我感到有些冷的时候，一位中年男子从我身边路过，看了我一眼，操着浓重的口音问我："小伙子，冷吗?"

我尴尬地笑笑，"还好。"我并不打算和他多说话，毕竟在陌生之地，和陌生之人，我需要随时保护自己。

他指了指不远处的小店，说："那边是我的店，你可以去那里休息。"

我顺着他指得方向一看，是一家24小时营业的食杂店。我说："我不饿。"

他说："又不是要你去买吃的，你就去坐着，不收你钱，小伙子，前几年我也跟你一样，背着个大包，到处奔波，这种滋味，我懂。"

我半信半疑地跟着他，进了他的店。

他指位置给我坐下，说："那边有热水，自己倒。"

凌晨时分，有些下车的乘客，陆陆续续来吃东西，他和一个中年女人，忙得不可开交，并不和我说任何一句话。我趴在桌子上，一不留神就睡了过去，待醒来，天光大亮，店里也都坐满了客人。

我抬眼打量，他正在里面煮面。看到我，他笑了一下，说："小伙子，行啦！"

我不好意思地笑笑，为我最开始对他的不信任后悔和内疚，我说："我饿了，给我煮碗面条吧！"

吃碗面后，我付钱匆匆离开。店里越来越拥挤，我不能再在那里占用位置。出去好远，才想起来，没来得及和他说一声谢谢。

回程的时候也路过昆明火车站，但转车时间紧凑，也未曾前去道谢。

昆明火车站惨案发生的那天晚上，我住在贵阳一家小酒店里，通过微博看到消息的时候，内心涌起一股巨大的悲痛和担忧。我突然再一次无比想念和担心那个曾给予我温暖的陌生人，不知道这样的惨案中，他是否安好。

那一刻，我无声地为他祈祷，为那些好心的人祈祷。

有一年我去广西贺州参加活动。离开的前一天，去姑婆山玩，很累，当天晚上怎么也睡不着。第二天一大早就起床赶车去桂林，我要在贵阳待上半天一夜，在次日的早上坐火车返回贵阳。

上了汽车，将自己的塞满了书籍的书包放在腿上，兀自看着窗外，心里计划着去桂林后的安排。后来上来一个女子，看起来年岁比我大一些，没说什么话，在我身边坐了下来。

我们没有交谈，这是我一贯的作风。向来，在任何旅途中，都很少和人交谈。我是缄默其口保护自己的那一个人。

车开了没多久，我就睡着了。是因为前一天玩得太累，晚上又没怎么睡着，所以车一晃动起来，很快就沉沉睡去。

待我醒来，发现自己的头正靠在旁边那个女孩的肩上。因为我长得比较高，能感觉到她的一只肩膀，要比另外一只肩膀高出了许多。她特意把那只肩膀耸高了，只为了让我舒服一点，我是这么想的，因此心里一下就柔软起来。

"不好意思啊！我，我，太困了，抱歉。"我揉揉头，尴尬地说。

她笑了笑，"不是贺州人吧？"

我说："对啊，我从贵州来贺州做事，去桂林转车回去。"

这时候，我才发现自己的包不见了，心里慌了一下。她看我的表情，又笑了，指了指自己的脚边，说："找包吧？在这里，你睡觉的时候，包好几次都要掉下来，我看你睡得熟，就悄悄给你放在地上了，但愿不要弄脏。"

我说："哪里会，谢谢啦，谢谢！"

她说："我有个跟你这么大的弟弟，每次一上车就睡觉，几乎上车必睡，每次都往我的肩膀上流口水，哈哈！"

我赶紧查看她的肩膀，幸好，我没有流口水。我说："真不好意思，这些天太累了，所以就……"

我们就此聊起来，剩下的路途就短暂了许多。

下车的时候，我帮她提行李箱，在车站门口告别。我们有不同的方向，没有问名姓，也不曾留下任何联系方式，转身走进了人海之中。

可如今，我还记得，当我一脸尴尬时，她那个让人温暖又轻松的微笑。

2015年刚开始的1月，我们一家子去湖北。去的时候，只有一个孩子，回来的时候，带了外甥女回来，就有了两个儿童，麻烦了不少。

我们买的卧铺，但因为学生放假，车票紧张，都只买到了中铺和上铺。上车的时候，下铺一个20多岁的女孩站起身来，说："你们带了两个孩子，睡上面好不安全。"说着赶紧爬起来，对小侄子说："小朋友，来阿姨这里睡吧！"

我向她道谢，告诉她，中铺是我的床位，请她睡那里。

她笑着说："好，谢谢你！"我更加不好意思了，说："该是我们谢谢你！"

她和母亲一起出行，年迈的老人家，就睡在另一边的下铺。她起身后，忙着照顾母亲，晚上7点多她去买吃的，轻声地告诉母亲多吃饭。整个过程，我都坐在过道上的小椅子上看着，每一个动作都是那么细致。

我们没有多余的交谈，上车的时候已经天黑，深夜很快就到来，每一个人都很快地进入梦境。

凌晨我醒来，从上铺探头下去看孩子们，却看到中铺上空空如也，对面下铺也没有了人。她们早在我们熟睡的时候下了车。我心里想，应该是在长沙或者玉屏下的车。我们不曾告别，也就不曾有多余的信息。

孩子们睡得正香，这一切都因为这个陌生女子的温暖。

事实上，我不止一次在火车上遇到这些温暖的事。

有次姐姐去浙江，我送她上火车，在将她那又大又重的行李箱往行李架上放的时候，因为过于重，又没有做好准备，箱子一头搭在行李架上，再也没法使力。一个男人二话没说，从后面帮我推了一把，行李箱才顺利地放了上去。我回过头去，却只看到一张微笑的脸一晃而过。

第一次坐火车的时候，去不远的一个城市。那时候懵懂无知，对即将抵达的城市也一无所知。坐旁边的女人戴眼镜，自称是某小学老师，拿着一张纸，给我写了10多条公交路线，去哪里找最适合的酒店，去哪里吃最特色的美食，去哪里玩最有特色的景点，都一一标注。临下车，说："小伙子，欢迎你来我的城市！"

我们的破车坏在山路上，是2013年寒冬里的事情。

老三非要开车带我出去玩。那时候刚刚放寒假，我还有些日子才回家，正好也没事，就跟他去。老三说："我们去山里吃土鸡。"目的地，是老三的一个朋友家。他的这个朋友，像个隐居的人，埋首山里养土鸡，赚了些钱。

出发的时候，下起了雪。他开着一辆快要报废的破车，出了贵阳城区，走着走着就上了泥路。

后来雪越下越大，车就坏在了山道上。我们俩一时没辙，远近都看不到人家，他不会修车，而我对汽车一窍不通。

正不知所措的时候，开过来一辆拖拉机，上面站着几个裹着棉衣的男人，一身脏兮兮的，刚从什么地方干活回来的样子。

拖拉机在我们旁边停了下来。"车坏了吗？"开拖拉机的男人问。

我们都点点头，谁也不说话。新闻里，那些在路上坑人的情节，不断在脑海里闪现。事实上，我和老三对这帮人都是不信任的。这样的雪天，得付出高昂的费用，才能得到帮助，不是吗？

那位开拖拉机的跳下来，打开引擎盖，鼓捣了一会儿，说是发动机故障。

老三赶紧说："师傅，我们已经在给修理厂打电话，很快的。"

那男人也没答话，回到车上，拿出一些工具。车上其他人说："好冷啊，赶紧走吧！"那男人说："没事，几分钟的事。"

说着，俯身下去，没几下，抬起头来，冲我们说："上去发动试试。"

老三这时候还没找到修理厂的电话，就半信半疑地上去发动，果然能发动了。老三跳下车，跟我要钱包，这厮出门竟然没带钱包。当老三拿着我的钱包想去问问需要多少钱的时候，那个男人已经回到拖拉机上，在突突突的声音中大声喊："走啦，雪大，开车小心点。"

"谢谢啊！"我和老三异口同声地说出衷心的感谢，只是拖拉机声音太大，恐怕他也没有听到。

"你看，这一比较，我们就小肚鸡肠了，这世界还是好人多。"老三坐在驾驶座上，大发感慨。

我若有所思。虽然天空下着雪，可我们都没有感觉到寒冷。

人海茫茫，那么多的人，和我们短暂相遇，留下温暖，从此永别天涯。

谢谢人海中这些未曾留下名字的人吧！在途中，他们给予我们的温暖，也让我们充满力量。而我们能做的，只是一句简单的"感谢"吗？

我想，每一个人，都不仅应该学会接受善意，还得学会传播善意。在这茫茫途中，在这冷暖人间，总有需要帮助的人等待我们的温暖。这并不是说要轰轰烈烈，只是在最恰当的时候，在刚刚好的时刻，做一些我们力所能及的事情。

一个眼神，有时候也是陪伴。

故城烟火，温暖曾经

　　我是一个深夜在QQ空间看见故城的雪的。如同多年前的寒夜，我独自趴在桌子上写字，全身寒冷却又坚持不去休息，渐渐听见窗外有轻微的声音。深夜之中，万物至静，那种声音，轻微又清晰，听起来很舒服。我起身推开门，寒风刮进门的时候，雪花就飞落在我的脸上。下雪了。在一个寒冷的寂静的冬夜里，雪花不打招呼，悄悄地落在故城的土地上，落在我的夜晚里……

　　而如今，眼前的这冬天，亦是夜深之中的雪，在黑暗中有藏不住的白，静静的，很动人。动态下面，有着一些赞和评论，多是熟悉的人物，说些温暖的话。那时候是日日相见却不多言语的同学，如今散落天涯，一张夜雪的图片，都会引起对于旧时光的怀念。

　　"好怀念那时候，下课后在雪地里打雪仗，补课的辛劳就烟消云散了，如今那还会找到那样的感觉？"这一条评论来自于陌生的网名，但我想他定是曾经我所识得的人，在时光的流转之中，渐渐变了模样。

　　我突然极度怀念往日时光，怀念在故城的那些年岁。

怀念，曾迈步走过落满雪花的长街。

那时候，我租住在城南塔山下的一片居民楼里，离学校不远，10来分钟路途，但实际上已经在故城最边缘了。数年中，我搬过3次家，住过不同类型的房子，却终究没有离开那一片。居民区上方，有座小山，小山顶有塔，"塔山"由此而来。故城各个方位，都有这样的塔，按照东西南北来分，因此这里也叫"南门塔山"。

最初的时候，住在一个矮小老旧的小院子里。我去租房的时候，仅剩下最边上的一小间，就此租住下来，还是每半年300元的房租。那个小院子实在是老旧，靠山是一栋一层的平房，很有些历史，墙已经呈现浓重的灰色。前面是一排低矮的石棉瓦小房子，矮到什么程度呢？那时候我178厘米的样子，当我站在里面的时候，靠矮的那一边，差不多头就可以顶到上方的瓦了。我就租住在石棉瓦房的最边上那间。

冬天到来的时候，蜂窝煤小炉子的热气，会在石棉瓦上凝结成水珠，再滴落下来。现在想起来，那是一段多么心酸的日子。那房子有一个小窗户，我就在窗户前，摆上了一张矮矮的茶几，每天放学后，就弓着身子在小茶几上写作，一写就是几个小时。好多个深夜，独自写作和思索的情形，如今还历历在目。

院子里住了七八个跟我一般年岁的人，都是从乡镇上到县城读书的孩子。房东是个40多岁的中年独身女人，似乎在其他地方有住处，所以很少回来。院子里有处不大的空间，天气好的时候，下午我们就在院子里坐着聊天。开始那时候我并不参与，那时候我有着交际障碍，并不懂得如何在最短时间里与人热烈交谈。我的生活规律而收敛，下课后一头扎进房间，看书或者写作。后来才慢慢融入他们的生活。

华子、晓云、Q、Z就是那时候结识的。只是如今，时间终究将我们冲散，散落天涯，不知归处。

华子来自与我相邻的乡镇。不高，中等身材。我们真正熟起来，大约是1年后，我从石棉瓦房搬到后面的瓦房里。我们住在一前一后的房间里，每次他要进屋子，都要经过我的房间。开始的时候，各自开火，后来觉得麻烦，就搭伙，开始一起做饭。

那时候，晓云、Q、Z等悉数搬出了小院子。他们的房间里，住进了新的人，要是没记错的话，一个是协警，一个是即将和一个爱笑女人结婚辛辛苦苦赚钱的男子，还有一个稍胖的直到后来我们搬走都没说上一句话的女子。这些人虽然同住一个院子，生活并没有产生交集。

华子喜欢看小说，跟我一样。因着这共同的兴趣，我们走过了无数遍相同的路，就是经常相约一起去县图书馆借阅图书。那时候我边阅读边写作，写作上虽然无所收获，但是自得其乐，深陷其中。华子一心扑在小说世界里，沉醉不已。

在共同生活的年岁里，我们之间的记忆太多了，现在想不起一件典型的事情来。不仅在那个院子里，后来我们一同搬出来，也在不远的稍微好一点的房子里，共同住一个很大的房间。整个高三，我们一同住在一个大院子里，可以矫情地说，两个男孩，相互见证了彼此的成长。

怎么说呢？这是个在我整个高中生涯中都非常重要的人物，但现在我却想不起来与他有关的典型事情。想不起来，点点滴滴都是生活琐碎，最平凡的时时刻刻发生的那些事情。有那么一次，我们俩一起炸饼吃，结果饼在油锅炸开来，烧开的油将我一只手的食指和无名指都烫伤了，整个冬天都呈现一种溃烂的状态。那时候，他给我洗过衣服，嗯，好像是这样的。可是可是，我真的记不起来了。

高三之后我们俩都选择了复读。是的，我们都在高考中失败了。补习的时候，终于插到一个班，但是那时候，我们已经分开租住。我住在一个有着巨大落地窗的宽大房子里，里面的家具和用品，是一个初中同学留下的（可她搬走后，我们也都再没有联系）。华子呢，住在一个我要拐上好几个弯才能抵达的阴暗的房间里。他的房门口也是院子，有一个巨大的天井，因为楼层有点高，窗户对着后面的高墙，房门对着前面的天井，所以光线不好。每次我去找他，到院子喊一声"华子"，他就会拉开门喊"上来"。

貌似我们还一起站在房子后面的高墙上看过一场华丽的烟火表演。当然，那时候站在高墙上的，有几十人之多。那时候故城文化节，一场巨大的烟火表演，让整座小小的城池喧哗不已。我们就那样站在那么多人中，看得心花绽放。

我和所有人的关系好起来，似乎都是从高二开始的。高二的时候，和华子住前后间，自然而然就有了一些感情。高二，晓云、Q、Z搬离校园，住在不同的地方，也许是因为距离产生美，竟然与以往不同的熟络起来。

那时候，我经常去找晓云玩。对了，晓云曾和院子里一个男孩谈过一段并不长的恋爱，是传说，还是否真有其事，我从未考证。那时候晓云和妹妹弟弟住在一个房子里，她妹妹不读书了，在外上班；弟弟还小，读小学一二年级的样子，极为淘气，每次跑去找我玩耍，都让我不省心。

我与晓云姐弟相称，这其实是晓云的一厢情愿。这个姑娘长得漂亮，是公认的事实，非要学韩剧里面那些女生，一种说法叫"野蛮女友"，另一种说法，叫"女汉子"。对，在我们的面前，她就有一股装出女汉子的模样来，非要与我称姐弟，到处宣称是我姐。有时候，我也假装一本正经地叫她一声姐，但并不多。

晓云的妹妹叫什么名字呢？忘记了。但我记得是个泼辣的姑娘，非常泼辣。打扮也时髦，看得出来，与晓云不一样。她太早独自出来在社会打拼，经历的事情多，所以行为做事，都与我们不太一样。有好多次我不想做饭吃，就跑去蹭饭，会在吃饭的时候，跟她开些恶心的玩笑。我所言的恶心，不是暧昧那种，而是通过讲各种恶心的事情，让对方丧失食欲。但似乎，每次我都甘拜下风。

晓云做过最让我记忆深刻的事情，是曾拯救过我一次。有一年中秋节，华子和其他人都回家了，我因为有些事没有回家过节，结果突发肠炎，拉到脱水，浑身无力，丧失食欲。在床上躺到绝望的时候，晓云砸门而入（那时候我们的门破旧不堪，也不锁，因为锁早就坏了，每次晓云来找我，要么猛推，要么就是飞起一脚），看到我的状态，骂我："你想死啊！自己不起来吃东西。"那次她是给我带来月饼，恰巧遇上了需要帮助的我，然后她大发善心给我买了不少吃的。一顿暴食之后，我恢复体力，几颗药下肚，肠炎竟然好了。

这事往后的年岁我一直记得，这也是为什么后来有很多次我会叫她姐的原因。我不知道，在后来不再相见的年月里，她是否记得。可对我来说，让我感动的是她破门而入的那一瞬间，我是真的感觉到了光芒。我曾为此感动了很久。

Q和Z，来自同一个地方。这个字母背后的那个人，现在还在QQ上，却鲜少联系。

前些日子，我曾想着和Q见上一面，但终于没有。对于如今的我们来说，见一面多少要担上些心理负担。

是因为漫漫长路，曾一起相伴走过，一起看过一些风景，一起度过一些苦难，一起守着最好的黄昏，也一起走过最冷清的长街。往日总是那么美好，可如今都成了相见的负担。

她高挑，稍胖；文静，勤快；善解人意。好让我愧疚——我只能如此形容这个人。

开始的时候，也许是不熟悉，因此话不多。静静地来，静静地去。也有几次，大家开我和她的玩笑，那时候我们都还没当真，还不曾把对方看作自己生命中的那个人。

后来我补习，她去省城学医，就此分开。偶尔在线上聊天，开视频，说些温暖的话。我上大学后，有相当长的一段时日，我们相互温暖着。不得不说她给予我的平凡的感动，细微又伟大。

我曾见过她最无助的时候，她也曾陪我走过最迷茫的年纪。

只是后来，后来，没有了后来。

最想写的那些话，写出来，都带着苦涩……

Z呢，最开始住我隔壁，深居简出的样子，因为和Q来自同一个地方，所以两人经常同进同出。那时候，我们都不了解。

最大的印象是她的房间里总是飘出中药味。她被鼻炎纠缠，时常痛苦不堪。多年后，我也患上鼻炎，才懂得当时她的痛苦，偶尔也会想起那些简单的年岁里，时不时地就从隔壁飘来的一阵浓郁的中药味。

我高四的时候，Z已经放弃学业，在家养鸡。那年冬天，她抱来一只大公鸡，我一把钝刀将鸡杀了，燂毛开肚清洗剔骨剁肉，包饺子吃。那次晓云、Q也都在。是我在故城的4年中，最后一次与她们的团聚。

再后来，我上大学之前，Z坐上两个多小时的班车到小镇，再换摩托车，去我家里玩。左邻右舍都问："这女孩谁呀？"眼神里，有着暧昧的意味。我送她回县城，一起坐在客车上，随意地聊天，时间过得很快。在离她家最近的地方分别，说简单的告别的话，从此走向了不同的人生。

后来在贵阳，她送过我和Q各一双鞋子。那时候她在一家连锁鞋店上班，很忙。我们去找她的时候，先去店里拿钥匙，然后去买菜做饭，等她回来吃。她曾说要做的事情，似乎后来都没继续做。

我记得的是，那次，我们去鞋店找她，她拿出两双鞋，说："试试吧！"

我们一试，正好。

她说："送你们了，情侣鞋呢。"

那双鞋还没坏，我们就走散了。

后来的年岁，与故城看起来没什么关系了，却又有着说不清的关系。

它们发轫于故城。

后来华子去了江西读书。开始的时候，我们还时不时聊上几句，后来感觉他越来越忙，发信息过去很久都没有回复。后来，我也开始忙起来，再后来，电话失去联系，QQ也黑了，不知道是否还在用，总之失去了联系。

我还没毕业的时候，晓云和Z都结婚了。都是在故城。我都不曾在身边，在她们最美丽的时刻不曾照看。也许是因为和Q的关系破裂，原本关系很好的几人之间，就产生了这么微妙的差距。她们结婚的时候，没有任何人告诉我，等到我知道的时候，已经过去很久很久。

Q毕业后在省城某医院工作，后来离开省城，到西部某县城。现在联系多一点的还是她。离我所在的地方并不远，是一个我一直都想去一趟的城市。那里有辽阔天地，有壮阔湿地，冬日里还有远道而来的候鸟。虽然在线上，但每每想聊上一两句，都不知道该如何开始下一个话题。

其实好多事情，现在我们都不知道是怎么开始的，也不知道是怎么结束的了。

前些日子，我在风雪之中回到故城，和一些朋友小聚，在路边饮酒唱歌。可是这些人，没有一个是当时陪伴我走过漫长岁月的人。

没有一个。

晚上从酒店往外看，黑暗中，故城安稳，像一幅浓重的油画。

而往事沉沉，像默声片。

现在，他们会在哪里呢？

有时候，我多么想，能够再联系上曾经在生命中存在过的这些人。他们像极了多年前的那场盛大的烟火表演，那么美丽、闪亮、充满光芒。

是风吹散了我们？

是时间带走了最初的我们，所以后来的我们都那么陌生？

是流云飞走天地变换，所以物是人非，我们也渐渐失去曾经不知所终吗？

亲爱的你们，如今还好吗？

如果有一日，我们在苍茫的路上相见，你是否还能一眼看出被时间修理后的这一个我？那时候，请我们握手言和，为这些年的离散，为这些年我的缺席。我相信，你们偶尔也会想起我，如同我，在一个个深夜之中，放下书写的笔，就会想起温暖的你们。

漫漫长路，请你们和我一样，认真地用心去走。

我会遇见更多的人，你们也是。

如果可以，让我们选择一个冬天，在故城相见。

在一个有雪的夜晚，一起说着旧事，走过落雪的长街。

请你为我抄首歌

又听见有人唱起那首让人悲伤的《送别》："长亭外，古道边，芳草碧连天，晚风抚柳笛声残，夕阳山外山。天之涯，地之角，知交半零落，一壶浊酒尽余欢，今宵别梦寒……"

足足有三四十人的模样，簇拥着，整齐划一地唱着歌，从旁边的市实验中学出来，一路往前走，经过我所居住的小屋，不知道去往何方。我站在阳台上看到他们，面容模糊，但脊背坚挺，步伐坚实，在路人的侧目中目不斜视，毅然前行——是属于年少时的模样，自信，青春，充满活力。是一群即将中考的初三学生。6月天，夕阳西下的光景，斜射的阳光将一群孩童的影子，拉得好长好长。在他们这样的年纪，这些离别的日子里，一定忙碌着拍合影，赠送大头贴，写留言……这是属于他们的内容丰富、叙事宏大的青春离别。

这让我怀念，怀念属于我的青春离别。怀念同样年少的岁月里的那些破碎却又美得动人的情节。当他们的歌声在渐行渐远中变弱，最后消失，小小的院落最终又归于平静，我突然有些急躁地翻箱倒柜，寻找一个多年没翻的笔记本。很可惜，我没有找到，这些年求学、工作变换多个地方，在不断搬家的过程中，丢失的东西已经足够多，唯一一直带着上路的，恐怕只有我自己了。这让我心酸，内心涌动无边的失落，像丢失一件宝贵的物品，像幼时失去最喜欢的玩具。

——那是一本抄歌本，抄满了我们那个年岁里最喜欢、最流行的歌曲，抄满了属于我的青春离别。

小时候的乡村小学，每年小学毕业班都要在小小的篮球场上开毕业典礼，唱歌是必不可少的环节——等所有被学校提前安排的环节落幕后，孩子们会集体唱起某一首大家都喜欢的歌。他们声音稚嫩，节奏和音准都无法到位，但是足够把自己和围观的人感动得落眼泪。

完了后，谁都不愿散去，三三两两或站或坐地留在操场上，或者流转在教室的各个角落，交换歌本，为彼此抄一首歌。他们每个人在抄写的时候都极为认真，有的甚至连曲也抄上，特意写明词作者某某曲作者某某抄歌者某某，极少有人会写多余的话。在那个时候，一首歌，就包含了所有内心想说的话，就是一段情真意切的留言。

事实上，抄歌这样的事情，并不是毕业的桥段，只是在毕业时被推向高潮。在我们年少的岁月里，抄歌就是彼此之间连接友谊的一种方式。谁给谁抄歌了，谁没给谁抄歌，都是课余谈论的话题。一个人，因为给一些人抄歌而没有给另一些人抄歌而产生矛盾、误解，也并不少见。

我也有一本属于的自己歌本。四年级的时候，想方设法，软硬兼施，连哭带闹，让妈妈拼了3块5毛钱买了一个硬壳笔记本，在扉页工工整整地写下3个大字：抄歌本。每次小心翼翼地把它放在书包里带去学校。从小学四年级，一直到初三，这个笔记本一直陪着我，封面磨损了，纸张褶皱了，都未曾更换。上面陆陆续续留下了几十个人的笔迹，没事的时候就翻开来，从第一篇开始轻轻唱。后来，封面破了，就用透明胶布粘起来，等到上了高中，才发现县城里的孩子，都没有抄歌的习惯，这个抄歌本也就被收进了箱子，一段年岁也就被压在了箱底。

没想辗转多年，这本抄歌本竟然不知去向，不知道丢失在人生中的哪一个路段。但与它相关的年岁，却是记忆清晰，其间的点点滴滴，都在歌声远去、院落复又安静下来的这一刻，面对被自己翻得乱糟糟的抽屉和书柜时，突然想起来——

第一个给我抄歌的，是当时的同桌。他是一个看起来笨拙、话很多的光头男生，个头比我矮一些，每天都背着大书包来回家和教室之间。他家就在学校不远处，家里开了个小卖店，有些钱。要是我没记错，他爸爸应该是一个小官——村主任或者村支书之类，算是远近少有的文化人，有些名声，对他的管教也很严格，思想超越了乡村农民，早早地就想着自己的儿子不能输在起跑线上，所以我的这个同桌一开始的书包就比谁的都大，以便背上足够多的学习资料——哦，对了，那时候我们还不知道有什么学习资料，我们的书包里，只有教材和练习本，以及小截小截的高粱秆做成的算数串——当我做算术题时双手数不过来的时候才会用它（其实这是一年级的时候，后来真的仅仅有教材和作业本）。

当我揣着除了自己写的"抄歌本"3个字之外一无所有的抄歌本走进教室的时候，却不知道应该让谁为我抄歌。那时候我还是个怯弱内向胆小怕事的孩子，因为从小身高都比同龄人高，所以有些鹤立鸡群，显得格格不入，也没啥朋友。甚至，我连那个抄歌本都不好意思拿出来，只好把它一直放在书桌里，自己也像个新媳妇害怕见公婆一样，坐立不安，不知道怎么办。后来多动的他发现了我的笔记本，像发现新大陆一样，说："哇，你也有个抄歌本啊，还是新的，哈哈，我要给你抄，我要做第一个给你抄歌的人。"那时候，第一个抄歌的人，就好比现在作品的第一个读者一样，很重要。

于是，顺理成章地，他给我抄了第一首歌。竟然是国歌——《义勇军进行曲》。"好了，"他大声说着，将笔记本摆在我面前，说，"这是我们入学学的第一首歌，我就抄给你了。"我翻开一看，末了的地方，加了个括号，写了一句毛主席语录：好好学习，天天向上。作为回报，我也给他抄了一首，是当时我们一个代课老师教给大家的当时最流行的《长相依》，当时老师教这首歌的时候，孩子们声音都很大，还引来了校长，把老师给批评了一顿，说教大家这首歌是在向未成年传播不健康思想。多年后想起来，两个男生，以这样的歌相赠，真的有些怪怪的感觉。

有了第一首歌，很快我就开始和同学们交换起抄歌本来，我的抄歌本上，留下页码的篇幅也随着时间的推移逐渐增加。《年轻的朋友来相会》《康定情歌》《路在何方》《单身情歌》《心太软》《爱一个人好难》等歌曲，都陆陆续续地出现在我的抄歌本上，甚至还有一位同学给我抄了一首《铁窗泪》，于是下午放学后被语文老师锁在教室背书时，几个同学就趴在窗户上念独白：人生最大的悲剧莫过于失去自由，人生最大的痛苦莫过于失去亲人和朋友……然后好多人就开始和着唱：铁门啊铁窗啊铁锁链，手扶着铁窗我望外边，外边的生活是多么美好啊，何日重返我的家园。条条锁链锁住了我，朋友啊听我唱支歌，歌声有悔也有恨啊，伴随着歌声一起飞，月儿啊弯弯照我心……

年岁在抄歌本越来越烂中悄然逝去。初中那会儿，有个女孩让我给她抄歌。那时候在镇上的中学上课，我依旧是那个内向的人，不爱说话，没啥朋友。这个女孩是我的同班同学，瘦瘦的，清秀好看，话也不多，时常都是一个人独来独往。

有一天下午放学后，她把我叫住。我一愣，不知道她要干吗，毕竟我们从来没说过一句话，倒不是因为我不想说话，而是不敢说。那个年岁的我们，早就在言情小说的讲述中得到了爱情的启蒙，少不更事却又对爱情充满属于自己的幻想。但我不敢和她说话——不，确切地讲，是我不敢和人说话，不分男女，除了坐在身边的几个同学外，我和其他人都没有多余的交流。虽然我们放学都要走一段相同的路，我回到租房的路和她回家的路，有挺长一段都是相同的，每每都是她走在前面，我就慢慢走在后面，不敢跟上去，因为不知道四目相对的时候该说些什么——这个交际障碍，在我后来的成长中一直伴随着我，即便今天我依旧会时常感受到和一个人打破沉默拉近距离的困难。

所以当她主动叫住我，我愣住了，内心怦怦地跳过不停，不知道如何应对。"你，你……"我吞吞吐吐的，"帮我抄首歌吧！"她脸也红了，塞给我一个笔记本，转身就走，边走边说，"要小虎队的《爱》"。看着她走远，我内心慢慢平静下来，却又充满惊喜，因为这是从未想到过的情节。那时候班上特别流行黄家驹（当时我以为那个乐队就叫黄家驹，后来才知道是叫Beyond，黄家驹是主唱），同学间传抄的，也是黄家驹的歌，她要的歌，我花了好久才找到，花了一个晚上，一笔一画地写了上去。可是越是想写好，偏偏写不好，好多字都写得走了样，就像那一晚我的心情。

我没好意思当面把本子给她，所以选择了在清晨早早来到教室，把本子放在她的桌里。等到她进了教室，我就假装埋头看书，偷偷拿眼睛瞅她，看着她发现书桌里的歌本后，翻开看了看后回头看了我一眼。当她回头看我的时候，我怯懦地赶紧收回了目光，假装看黑板。那天放学的路上，她不知道是有意还是无意地站在路边，我们四目相对，我也不好停下来，只好硬着头皮往前走。"喂，"她叫我，"谢谢你啊，不过你写的字真丑。"我——我不知道该说什么，羞红了脸。她哈哈笑着，跑远了。

好像仅仅是抄过那么一首歌，我们之间的距离就拉近了许多，在往后的生活中，每当遇到的时候都会相视一笑，好像彼此都懂得一样。但后来足够漫长的年岁，我们的之间也仅仅是到心照不宣地相视一笑，再无下文。

嘿，当然，那个年岁的我们，还能有什么下文呢？

如今，时间把我洗礼成为在现世中沉稳的男子，不再是当初那个少不更事、内向胆小的男孩，但是旧往里的人们，也跟我不知道何时丢失的抄歌本一样，不知去向。

第一个在我的抄歌本上留下自己笔迹的光头男孩，他的父亲一直认为他不能输在起跑线上，对他的期望也远比其他同学的父母高太多，不知道这些年时间流转，他是否如了父亲的心愿。那个让我给她抄写小虎队的《爱》的女孩，也不知道去往哪里，是还在梦想的道路上艰难前行，还是早已嫁作他人妇，成为人世中最平凡和庸碌的一个人。

我不知道，不知道这岁月流转，那些人都去了哪里。只知道，他们一直都存在我的记忆之中。在这个6月的下午，在这个安静的房间，他们再一次鲜活地把我过往的少年时光再点燃了一次。

当我起身，站在阳台上，看到西边的山头上有黄色的一片，太阳已经落下山去，我又突然想起，初中毕业典礼上，老师带着大家唱《祝福》，当唱到"伤离别/离别虽然在眼前//说再见/再见不会太遥远//若有缘/有缘就能期待明天/你和我重逢在灿烂的季节"时，突然泪眼迷茫，现场哭泣声四起——那可真是足够矫情到肆无忌惮的年岁呀！而今的我们，早就不敢那么放肆和直接地表达不舍了。

突然想，若时光倒退，此刻的我一定会义无反顾地回到那样简单纯真的年岁，掏出自己的抄歌本，大大方方地递给喜欢的女孩子，再勇敢地说一句："嘿，请你为我抄首歌！"

果树下的成长

"不能在树上吃樱桃。"这是妈妈告诉我们的。是妈妈的妈妈告诉妈妈的。

樱桃熟得好，我们一群光溜身子的小孩，就扒拉着树枝，荡秋千一样，几下就荡到了树上。你别说，在树上和在树下，感觉完全不一样。

树下看熟得红透的樱桃，颗颗饱满，像随时都会掉下来一样。年幼的时候没有能力爬树，总是天真地在树下张着嘴，生怕樱桃落下来接不住；在树上却不这样，能看见樱桃小小的果柄，在凹陷处像一根绳子牵引着樱桃，只要一伸手，就可以摘下一颗放在嘴里。那甘甜，让人一下着了迷。

我们爬到树上，也不怕从晃来晃去的樱桃树上掉下来，只顾着吃。实在是好吃了，压根没注意到妈妈什么时候走到树下，等到细细的竹条抽到滑溜溜的身上，才反应过来。这时候，妈妈就会生气地把我们从树下赶下来。

"不能在树上吃樱桃！"妈妈边赶我们边说。

"为什么不能在树上吃樱桃呢？"

妈妈说："因为，在树上吃樱桃，来年的樱桃，会在果实还没成熟的时候就开始落果，也就是果子没成熟就掉落了。"按照老一辈的说法，是因为在树上吃樱桃的人，会把樱桃核往下吐，这会让樱桃树伤心。在落水湾，每一棵树都是有心的。

后来，这个规矩不再仅限于樱桃树。桃树、梨树、柑橘等水果树上，都不能边摘边吃。每当我们想要吃的时候，就由一个人带着布袋子爬上树，一个一个地把果子摘下来分享。

这规矩其实已经流传了不知道多少年了。

那时候，我们家果树多。

屋前小院子，四周栽满了柑橘，左侧有梨子和10来棵樱桃，右侧是两棵落水湾最大的栗子树，不远处的菜园，四周也都栽上了苹果。没到果子成熟的季节，路过我们家的人，就都会露出一副羡慕的神情来。

父亲总是为自己当初种下这么多果树感到骄傲，每每有人用赞叹的语气说"你们家果树真多"的时候，他的脸上就会浮现出享受而满足的神情。那时候的落水湾贫穷落后，湾里大部分的人，都舍不得将土地用来栽种除了粮食之外的东西，在他们看来，与其让果树占用土地，不如多种上几窝苞谷。可是等到他们不那么穷的时候，看到我们家那么多果树长起来，每年都挂满了惹人喜爱的果子时，却又都想来摘一个尝尝。

事实上，没有几个人不想尝尝我们家的果子。说是尝尝，其实是恨不得果树都是他们家的。因为，时常我们一家从地里回来，会发现树上的果子少了不少，而树下则留下了不少脚印。

偷果子的人越来越多，年幼又干不了什么重活的我，就被安排守果树，以防止他人前来偷摘。四邻里还不能干活的小伙伴们，也都跟我一起守果树。他们一方面想跟我一起玩，另一方面也想通过帮我守果树而得到果子吃。

于是每到果子成熟的季节，我们就搬一张小凳子，坐在树下。渴了的时候，就爬上树摘一个解渴。

每天都有人前来鬼鬼祟祟地想要偷摘果子，看到我们在树下，就悻悻地回去了。但也有脸皮厚的，都是些年岁较大的，有时候，我还得叫他一声叔叔，比如何老歪。

何老歪是和父亲同辈的，30来岁，不干正事，整天游手好闲地东游西逛。每每村里丢了东西，东家的鸡不见了，西家的狗消失了，村主任都会首先想到是不是何老歪偷的。

何老歪仗着年岁大，又算长辈，并不买我们的账。他看到我们在树下，也不管，径直走来和我们搭话，"小娃儿们，你们在搞哪样？"他没事一样的。"守树子，怕强盗偷。"我们这么说着的时候，一般都会拿眼睛看着他，没办法，全落水湾的人都知道，他何老歪的手最不干净。

"真听话，不过你们家这么多果子，肯定也吃不完，我帮你们家吃一个。"那正是桃子成熟的季节，何老歪打量一番，也不顾我们大声反对，就爬上了桃树。他摘了一个，在破袖子上一擦，张大嘴巴，对着手里的桃子就是一大口，嘴巴动起来的时候，还发出香香的声音。

"下来，不能在树上吃！"我们拿他没办法，只能央求他下来。

"我就不，我偏要在树上吃。"他一脸无赖，三下五除二，就把一个桃子吃完了，桃核顺手丢了下来，落在离我们不远的地方。

"你在树上吃桃子，明年会落果的。"我们强调说。

"骗人的，不会的。"吃完一个桃子的何老歪，牵开衣服，就开始往里面装，装满了，也不管多高，啪地跳了下来，因为惯性，还往往会从衣服里抖落几个桃子。他很快就将它们装回去，冲我们嘿嘿一笑，得意地走了，留下我们目瞪口呆，你看看我我看看你，一时不知道怎么办。

没过几天，何老歪又趁只有我们几个小孩在的时候，明目张胆地来摘果子了。他说你们是怕有人偷，可是我没有偷啊，我是当着你们面摘的，不算偷。可不管他怎么说，在我们眼里，他就是个强盗。

因此，我们决定，好好教训何老歪一次。

那天何老歪又来了。远远地，他就大声笑着对我们说，你们家果树真多，总是摘不完。我们什么话也不说，等到他爬上树，才拉来早就准备好的刺树枝摆在树下，又每人拿一根准备好的长竹竿，直捣树上忙得不亦乐乎的何老歪。

何老歪断然没想到我们一群小毛孩，竟然也敢这样，他手忙脚乱，一只手扒着树干，一只手想挡住我们的竹竿，衣服里装着的桃子就哗啦啦全掉了下来。他大声骂着我们。但骂归骂，他却没有办法，一不留神，就从树上掉了下来，正好落在我们准备好的陷阱里，也许是被从山上砍来的野刺树扎进肉里，他发出了痛苦的声音。

我们看他落魄无比，撒手就跑，他站起身来，扒开刺树丛，一瘸一拐的谁也追不上。我们散在四周，哈哈大笑，大声说："何老歪，你个强盗，叫你不要再来偷果子。"

那之后何老歪似乎就没再来过，倒是村里远一点的小孩们，会眼巴巴地站在不远处，馋得嘴巴都快流出口水来了。

有时候我们会顺手摘一个给他们，有时候假装没看见。

守果树让我们威风极了。

梨子熟的时候已经是秋天了。那时我们年纪小，大部分时间都在树下守果子。

有一天正午，太阳很烈，晒在地上，就像熊熊的火烧着大地一样。那段时间刚开始收玉米，大人们都下地去了，下地之前，他们还特意摘了些梨子，用来在口渴和饥饿的时候解渴解饿。

太阳下走来两个人，一老一小。老的很老，走起路来很慢，不是落水湾的人，像是从很远的地方来，看起来很疲惫。小的很小，是跟我们差不多年纪的小女孩，也是很累的样子。远远地，看见我们家的梨子树，他们犹豫了一下，走了过来。

他们走近，老的说："娃娃们，这是你们家的梨子树吗？"他说话的时候，眼一眨一眨看着树上。

小伙伴们都不说话，我说："是我们家的。"

老人说："能不能送我们几个？我们从远处来，要渡过河去很远的地方，口渴，也有点饿。"

我有点犯难了，耳边响起大人们的话，不要随便让人摘果子。小伙伴们也围着我，看着我，不说让我摘，也不说不让我摘。

老人说："要不，我拿钱给你买，我有钱。"他说着就要往身上找。

旁边的小女孩拖住他的手，说："外公，我们不吃了，我们走吧！"

当他们准备离开的时候，我不知道哪里来的勇气和胆量，把他们叫住，飞快地爬上梨子树。我大声说："我给你们摘。"

熟透的梨子实在是太惹人爱了，当我摘下一个的时候，突然不由自主地张嘴去咬。反正都上来，吃一个再给他们摘，也不迟，我心里告诉自己。

"不要在树上吃果子。"是树下的老人的声音，"不然明年会落果的。"

我这才反应过来，将梨子包在衣服里，一口气摘了六七个，下得树来，递给那一老一小两个路人。"来，给你们。"

老人和小孩一个劲地说了好些好话，才走进烈日中，向着裸洁河的方向慢慢走去。

等他们走远了，小伙伴们一脸讪讪地说："我要告你爸妈的，你趁他们不在家，把梨子摘给了别人，还是认不得的。"

　　果然，没多久大人们背着玉米回来的时候，小伙伴们就把这事情告诉了爸爸妈妈。没想到爸爸妈妈并没有批评我，只是笑了，说，没事。

　　妈妈对我说："让你守果树，并不是不允许所有的人吃，那些远方来的人，是可以给他们吃的，因为我们总是要走远路，要在路上给人讨一碗水喝，甚至讨一晚住宿。"

　　一晃眼，我就长大了。

　　不能在树上吃果子，这句话我记住了。这些年随着房屋扩建、土地置换等，家里的果树越来越少，落水湾的人们也都每家种上了一些果树，再也见不着彼时的景象了。

　　如今偶尔回家，看着挂满果子的树，有时会想起小时候守果树的事情。有时候，恍惚觉得自己还是光溜身子的小孩，扒在树上吃樱桃，母亲一竹条抽在我的身上，大声喊："不能在树上吃果子！"

不相遇，难相逢

再不见你的影子。在众多的QQ头像之间，你的头像呈黑白色，鼠标晃动的时候，闪出很久以前你写下的那6个字来：不相遇，难相逢。

这样也好，分别总是要来的，来得早也便去得早。这话是谁说的，都忘记了，只记得你说"不相遇，难相逢"，仅此而已。

认识你，是一个意外。原因是我没有想过和一个远在千里之外的网友产生太大的关系。长期习惯实名聊天的我，在你那些"你在吗""说话啊""怎么不说话啊"之类的长久追问后，终于敲出那一句"请告诉我你的名字"。我以为你就此不会再来找刚加好友就要询问名字的我聊天，没想到你竟然发来傻笑的图片，后面是你的资料，说："叫我姚简。"

姚简，你不知道，那时候我忍不住心动了一下。茫茫人海之中，有几人能在网络上爽快地把资料给一个刚认识的异性？我小心翼翼地说："谢谢你的信任，姚简。"

因为你的豪爽，我轻易地知道了有关于你的一切。

　　是春天的某些深夜，你给我发那些柔软的诗篇，说："若非，给我看看吧。"我在一边偷着乐，你细微的心思全被我悉数看出来，摆在我面前的，是年少的女孩独有的情绪，源自对某个少年小小的喜欢。谈到那份爱的轻盈，你在字句里说："他来的时候，我感觉自己像阵风，轻得飘了，软得红了。"

　　有那么一瞬间，我似乎窥见你的小秘密，心细微地战栗起来。仿若你就在眼前，把心思赤裸裸地坦露给我，那些爱，那些细微的触动，被我一一感知。

　　那时候，我正在写一个女孩子的故事，说的是一个家境清寒的女孩，遇到一个老是欺负她的男孩子，并一直固执地以为那是一个很坏很坏的孩子，因此对他万般言语打击。在这个过程中，男孩因为对女孩的爱以及女孩的打击而一步步变坏，而女孩却在不知不觉间爱上了她一直憎恨的男孩，最后，在女孩参加高考的那天，男孩为了去看望女孩而没有执行黑帮组织给他的任务，被黑帮成员打死，而女孩则陷入无边的悲伤之中……

　　故事一段一段地发给你，你悲伤地打来电话："若非，求求你就此打住，我不喜欢这样的悲剧，我要男孩安然地和女孩在一起，完美成双。"我笑着说："姚简，真是矫情的小孩子。"

　　故事终究还是继续下去了。我不知道，那时候的你，正经历着这样的故事，只是相反，你是被认为很坏的女生，而对方却是公认的好孩子。原谅我重复你的故事。

有一天深夜，你的电话突然打来。你在千里之外泣不成声，我一下子清醒无比，却不知所措。你说："若非，我真担心，有那么一天，我会成为你故事里的那个男孩！"我的声音跟着你的哭泣颤抖，说："姚简，故事只是故事，生活是另一回事，要相信爱情，相信自己的努力。"你说："可他终于还是下了死心，这一段感情再无前进之路。"我说："那就退下来吧，不要煎熬自己。"你的声音忽然很小，我努力才听见你说："可是，再无退路。"

再无退路。你不知道，这4个字瞬间让我心里打了一个战栗。那个夜晚你所有的情绪，仿佛穿越万水千山的阻隔，抵达我深夜孤寂里的内心。你也不知道，那个夜晚，我是怎么气急败坏地毁掉那个故事，若是我的故事能够给你希望，那就值得了。然而那晚之后，你的QQ头像再也没有亮起来过，空间再无更新。一年后的今天，你的签名还是那么苍凉惊心的一句话：不相遇，难相逢。

你去了哪里？我不知道。

我依稀地记起你的一些话，说人与人相遇只是个过程，分别才是目的；说喜欢一个人很简单，转身离去却很难；说如果可以，我们可以见见面；还说会带我品尝你所在的小城独有的小吃……

刚刚过去的这个12月初，我不经意地去往你的小城，在寒风中，一个人去感受你那些年的生活。低矮的房檐，寒风里匆匆跑过的行人，院墙内不时传来狗叫，裹着羽绒服的女孩轻轻推开小门走出来……

　　我心里阵阵悲凉，终于理解那年你看我写下的故事时的悲伤，因为眼前的这一切，就是活生生的我的那个故事。我突然想，我们是相遇了的，在时光交错之中，在你的小城里。

　　不相遇，难相逢。也许是对的吧。你是我生命中路过的某甲，消失了，便无音讯。我在属于你的城市里，看见任何一个模糊的面孔，都想叫出声来：姚简，原来你在！好多年了，我不知道，你是否还是那样执着地爱着，亦不知道你是否已经拥有自己的幸福。然而记忆中最后和你交谈的话还清晰地记得，我说："姚简，请善待自己。"你记得吗?

　　生命中，总会遇见这样的人，在孤寂的岁月里来了又去，有些细节刻骨铭心，然而却从未遇见。于你，于我，都是一样。

　　也许多年之后，在生命的某个地方，彼此会真正地擦肩而过。

一两风，半场梦

7月迂回。风掠过面颊的时候，某些旧的场景忽闪，像一幕无声的电影。

春日艳阳里浅淡素静的面容；逆风柔软而轻巧的转身；微笑时自然而然地抬手拂动刘海；夏日午后头枕课本安睡，许是有很美的梦，才会笑得那么安然；冬天早晨吹着雾气，坐在角落里一动不动……

是你，是你，还是你，都是你。

风转过记忆，你转过脑海。

清风里一眼看过去一切都是安静无声。

那年9月你的笑脸在风中闪现又隐匿。那是秋日渐静的时节，下午的时光空气中弥漫着沉闷的阳光味道。我在无所事事的时候，你像个冒失鬼一样撞入我昏然的双眸。

"同学，旁边可有人坐？"你问我。

我看你懵懂的样子，笑出声来，忘了回答。

往后，你就成了我的同桌。你告诉我，你叫雅雪。我轻轻地笑，心想，是美丽的名字。

人生中最美好的时候，想来就是那时候了。

　　记忆最深的是夏天。你穿素白的衬衫，让人感到温暖。我微笑说着："我们去走走。"

　　目光所及竟是浓郁的绿，你在我身畔是轻盈的蝶，对我滔滔不绝地说梦想，说生活，说想要一个人远行，说对我们小小的县城过分迷恋……你说了很多，现在我都一一记起。

　　回去的时候，你说起分离，说的时候低着头。"遇见你是我的幸福。"我隐隐有悲伤，只顾无言，忘了拥抱。

　　那个夏天之后的时光没有你。大片大片的时间沦为空白。我在想念你的夜里写就的诗行，压在沉重的年月里泛黄，然后老去。

　　你从远方来信，信纸上带有沿海特有的海风味。你说害怕离别，不忍看别人落泪，因此不告别；你说答应要写的故事已近尾声，就是不知道该给主人公一个什么样的结局；你说夜晚会一个人在无人的路灯下安坐，看我留给你的那些文字……

　　我读你的信时，身边有树叶轻轻飘落下来。很美但很忧伤的样子，像极了青春年少的某个梦境。你说："秋天就在眼前，请注意身体。"

　　我的心里是暖的，轻轻地有某些触动。

　　书信往来，文字温暖，却从来不提爱情。不是不爱，亦不是爱，是年少岁月特有的某种情感，到现在还无从道明。

　　以为，可以这样子，长大，变老，最后死亡。

　　而你却过早地离开。在那年的春节，晚上步行回家的路上，丧心病狂的劫匪盯上了你。多年后，我依然无法得知，那个夜晚，你遭受了多么重的侮辱，是怎样的挣扎，有怎样的绝望。

你留下的最后一封信，是冬天快结束的时候邮寄过来的，说冬天太冷，还是夏天好，比如7月。我知道，你说的7月，是我们的7月。

有一条短信，是你走的那个春节发的，说："此夜我突然醒来，想起你，是否还在熬夜写温暖的文字？春节来了，你我又长了1岁，我知道，我们是一起长大的。"

可是，一路走过来，只剩我孤独地长大。

这些年，我走过一些地方，见过不少人。长大，是件让人措手不及的事。

而你，留在青春年少的年月里。我走过的一路风景早就凋谢了，你却在年少的岁月里永开不败。

幸运的是我，曾陪你一起开放。

时光如梭，回忆成殇。是我们的7月，一两风，半场梦。我抬不起年轻的眉头，拾不起沉重的回忆。

眼前的7月风景依然，细细碎碎的到处是你的信息。

我的每个动作，仿佛你都在观望。在风里，你的声音穿透流年，萦绕在我的耳旁。

你说："我不喜欢你长大后的模样！"

看见良知的光芒

1

从哈尔滨飞往北京的航班，前前后后坐得满满的，中国人居多，间插几个俄罗斯人和黑人。这一趟，我要从哈尔滨经北京转西宁，再转机去往果洛，一个叫玛多的县。据说那里是全国海拔最高的县之一，我将去看看，在那个地方人们以一种什么样的方式生活。

在此之前，我去了漠河北极村，度过几个只有两个小时黑夜的日子。在祖国的北极点，我遇见来自重庆的一对老夫妇，在凌晨4点的七星广场，我看见他们在不多的旅客中，低头拾捡杂物，是前一夜狂欢的人们留下的垃圾，被他们装在塑料袋里，放进广场边上的垃圾桶。我过去与他们交谈，他们年过花甲，但气色很好，眼神里有一种奇特的光芒。我准备离开北极村时，在青年旅社门口看见他们在擦拭摩托车，得知他们一路旅行都靠老大爷骑摩托车，已经走过了十几个城市，我心中唏嘘，想起那天凌晨看到他们独自在寒气中清理广场垃圾，心中不禁肃然起敬。

我便送他们一本书，是周梦蝶的《鸟道》。美好的诗歌送给美好的人，于我是一件美好的事情。

从老家贵州毕节出发前，我随身带了3本书，诗人张枣、周梦蝶的诗集和王阳明弟子记载其言行的作品《传习录》。王阳明先生本是浙江绍兴府人，但其龙场悟道，学说主要在贵州得以成就，这本书带着，自有一份安稳和亲切。长途旅行中，偶尔翻上几页，消遣寂寞也罢，陶冶内心也罢，其功用、其利效，都让人满足。飞机上安坐后，我一如既往地拿出书来慢慢品阅。

我的前排，坐着一名加拿大华裔女子和她的孩子，还有一名加拿大女性。孩子10来岁，长得可爱，中文说得很笨拙。他不止一次回头过来，试图与我说话。"小朋友，你去往哪里？"我收起手中的书，与他说话。然而他并不与我对话，只是笑。她的母亲转过头来，细声对我说："我们在北京转机，回加拿大，孩子不太说话。"我笑了笑，依旧埋头读书。过了一阵子，我抬眼，正好与那小孩对视，他不知道什么时候，回过头来打量我手上的书。我问："想看吗？"他摇头，说："我认不得这种字。"我们由此有一搭没一搭地聊着。

快到北京的时候，飞机逐渐下降。他突然指着外面说："看，一个大垃圾场。"我循着他指的方向看，一个大湖泊，静静地躺在日光下。"不，"我纠正他，"那是一个湖，不是垃圾场。"他很认真地说："那就是一个垃圾场。"我不由得仔细打量起那个湖泊来，高空俯瞰下的湖泊，呈现灰黄色，死沉沉地压在大地上，给人一种深深的窒息感。湖泊里面装满了垃圾，不就是垃圾场吗？

再看那个小孩，他依然一脸单纯地看着窗外。我不清楚他是否和我一样的认知，还是单纯地将湖泊误认为垃圾场。但他干净的眼神里，我看见了一种光，那是一种纯粹、天真的光芒。所以他无须哲学的装饰，也无须成人的思虑，便能一眼辨认出事物的另一种哲学本质。想到这儿，我心中一愣。

2

去往玛多我用了整整两天。一路疲惫，当轿车突然在途中停下来，打开车门看见阿尼玛卿雪山时，我浮躁的内心真空一样沉静。那庄严的白纯粹的白，让我不敢大声说话，忘记了激动和呼喊。

黄昏时我们到达玛多。玛多是万里黄河的发祥地，海拔均在4000米以上，有"天上玛多"之称。晚餐和在当地工作的汉人一起，吃手抓羊肉，喝青稞酒。他们的家在西宁，都是一个人在玛多，不能照顾家里，其中有两个年轻人没有对象。"为什么留在这里？"我问其中一个人。他告诉我，因为工作。可是工作在哪里都能找到，女朋友却不一定，毕竟玛多这个地方，除了少有的藏族女孩，大多数女孩子都离开了。他不说话，另一个补充说："但是这里的工作需要我们。"我借着酒意，打量起他们来。他们的话听起来似乎很空、很大，甚至说很假，可是当我认真看他们的眼睛时，却是信任他们的。在一个高海拔、高寒、高原病频发的地区工作，没想过离开说出来都没人信，但最终留下来的理由，也应该被人信任和尊重。

那一夜我要求住在他们的宿舍，却被他们热情地送往宾馆。半夜出现高原反应，流鼻血，头痛，呼吸困难，失眠，靠着宾馆提供的氧气袋苦苦支撑。我依然读王阳明，迷迷糊糊中读到"人人自有定盘针， 万化根源总在心。 却笑从前颠倒见， 枝枝叶叶外边寻。无声无臭独知时， 此是乾坤万有基。 抛却自家无尽藏， 沿门持钵效贫儿"，于是慢慢沉潜，就着氧气进入梦乡。

次日我醒来，头有些微疼痛，身体疲软。独自出宾馆，在路上漫步，道旁都是低矮房屋，最高不过三四层完全有别于我生活的城市的建筑。不远处是格萨尔王广场，有人围着膜拜，年迈的老人，气头正盛的中年人，其中一个七八岁的女孩，最为引人注意。她转动每一个经筒，正对着广场跪拜，额头紧紧贴着地面。

每一个人的眼神里都是有光的，小女孩眼里的光最为明亮。我看到的是一幅藏人信仰的虔诚图景，也是一幅人类发自内心对信仰的遵从图景。我突然想，这个信仰，可以是佛教、先祖、自然甚至内心的某种追求、普世的某种观点，无论是什么，只要是向善的、美好的，都足以让人拿出虔诚。

我离开时，头晚与我饮酒闲聊的几个人来送我。站在高原的天空下，他们一脸黝黑，高原的日光早已深深嵌入他们皮肤的纹理，谁都没有多说话，只是简简单单地告别，微笑，挥手。但他们眼里也放射迷人光芒，像我看到的那些虔诚的藏人的眼睛一样，有坚定的神色、美好的神色、纯真的神色。在车上，我想起晚餐时他们关于为什么留在此地工作的话，突然感觉到自己的狭隘。

当我再次经过阿尼玛卿雪山，在经幡飘动处静坐，看见一个藏族妇女抱着一只受伤的鹰眼含温情地走过。风与经幡都安静下来，只听见自己内心的声音：这世界上，一定有更多像他们一样的人，在面对世界、生活、未来时，想到的，不单单是小小的一个"我"，而是庞大的一个世界，是更多的"他"。

3

到了海口，才得知原定的三沙之行无法成行。数日之后，我转道三亚，住在一个临海的酒店里，写作，阅读。这时候，我才有更多时间阅读王阳明，便思索起"良知"这个词来。

"知是心之本体，心自然会知。见父自然知孝，见兄自然知弟，见孺子入井自然知恻隐，此便是良知，不假外求。"

"良知者，孟子所谓'是非之心，人皆有之'者也。是非之心，不待虑而知，不待学而能，是故谓之良知。"

……

王阳明先生的这些话，反反复复阅读，便与现实生活、周遭经历，有了细微的对照。

良知是天生的、自然的，非思虑与学习所能得。我这样理解。从这个角度看，阳明先生是典型的性善论者。这不重要，重要的是，良知如同每个人内心深处的光芒，总能将另一个人的世界照亮。

这一路旅行，我一直是那个被照亮的人。

北极村的老年夫妇，他们秉持着对健康的追求、对陌生地域的追求、对美好事物的追求；飞机上的小男孩，以本心洞见现世，无意识间道出大人多不能懂的哲理；玛多朝圣的藏族小姑娘，她眼里对信仰的虔诚，亦是对真对善的虔诚；在玛多工作的那几位汉族同胞，他们有一种舍我其谁的奉献精神，也有一种不争高下的质朴……有一种力量在支撑他们、鼓舞他们。

这种力量，即是发自内心的某种信仰。亦可说成是良知。我看到他们眼中放射的迷人的光芒，让我肃然起敬的光芒，让我们内心澄明的光芒，这是内心深处最真实的声音。当这种光芒照耀着他们的行为，便成了我所理解的"知良知"，即是听从内心最本质的声音，去做一切美好的向善的事情。

我理解的良知，是洞见，是求索，是追逐，是抵达，是知善恶、明黑白、懂是非，是对一切美好的温暖的事物的极致追求。它是一种来自生命内部的原始光芒。

4

王阳明说："良知在人，随你如何不能泯灭，虽盗贼亦自知不当为盗，唤他做贼，他还忸怩。"

是说，人人皆有良知。盗贼亦是如此。

从三亚再一次回到雾霾重重的北京，我开始学着在每一个遇见的人眼睛里，寻找那一抹迷人的光芒。因为我知道，所有人的心底都有柔软，有温暖，有善念，有美好。

终有一刻，他们的神色里，会透露出人性中动人的芬芳。

地铁上扶人的中学生，为乞丐放下零钱的小孩，换乘站帮老年人拿行李的平凡中年男人，北京西站认真给外地老人指路的小卖部老板……

因为这种发现，我突然觉得，这个我半月前还很讨厌的城市，竟然也有很多让人喜欢的亮点。那一片灰蒙蒙的天空，映在每一个人的眼睛里，便有了新的明亮。

而这些美好的行为，皆源于内心深处的良知。

当我于漫漫旅途中想到，每一个人内心深处，都有良知的光芒。这一刻于我，"致良知"则是一种个人的洞见与成长。